Max Dauthendey
Die acht Gesichter am Biwasee

Max **Dauthendey**
Die acht Gesichter am Biwasee

echter

Bibliografische Information der Deutschen Bibliothek

Die Deutsche Bibliothek verzeichnet diese Publikation in der Deutschen Nationalbibliografie; detaillierte bibliografische Daten sind im Internet über <http://dnb.ddb.de> abrufbar.

© 2006 Echter Verlag GmbH, Würzburg
www.echter-verlag.de
Umschlag: Peter Hellmund, Würzburg
Unter Verwendung des Bildes © Siebold-Museum, Würzburg
Druck und Bindung: Druckerei Theiss GmbH, A-9431 St. Stefan
ISBN 3-429-02825-6 / 978-3-429-02825-1

Inhalt

Einführung
Seite 7

Die acht Gesichter am Biwasee
Seite 9

Die Segelboote von Yabase
im Abend heimkehren sehen
Seite 11

Den Nachtregen regnen hören in Karasaki
Seite 33

Die Abendglocke vom Mijderatempel hören
Seite 55

Sonniger Himmel und Brise von Amazu
Seite 66

Der Wildgänse Flug in Katata nachschauen
Seite 79

Von Ishiyama den Herbstmond aufgehen sehen
Seite 93

Das Abendrot zu Seta
Seite 110

Den Abendschnee am Hirayama sehen
Seite 124

Nachwort
Seite 148

Einführung

Die acht Gesichter am Biwasee

Der Biwasee ist der größte See Japans. Der Name des Sees leitet sich von der japanischen Laute [Biwa] ab, welcher der Umriss des Sees ähnelt. Er hat eine Fläche von 670,33 km². Der See ist sehr schmal [über die schmalste Stelle von 1,35 km führt eine Brücke] und sehr langgezogen [63,49 km].

Der Biwasee liegt in unmittelbarer Nähe zum japanischen historischen Kernland um die Städte Kioto und Nara. Viele Tempel wurden in der romantischen Landschaft am Westufer errichtet. Seit alters her hat die landschaftliche Schönheit und die Vielfalt der Ausblicke die japanischen Maler inspiriert. Der Bilderzyklus »Acht Ansichten von Omi« gab wohl auch den Anstoß für Max Dauthendeys bekanntestes literarisches Werk »Die acht Gesichter am Biwasee«.

Bei Max Dauthendeys Erzählungen handelt es sich um acht japanische Liebesgeschichten, die sich in großer Auflagenzahl längst einen Platz in der Weltliteratur gesichert und den Dichter berühmt gemacht haben. Es sind zauberhafte Geschichten aus einer exotischen Welt, zu denen sich seine Phantasie in Japan anregen ließ und die er, in allen Farben schwelgend, mit reifer sprachlicher Darstellungskunst niederschrieb.

Vier Frauen der Mukashi-Gruppe: Elke Hambrecht, Gerbrunn, Elsbeth Herberich, Holzkirchen, Sonja Illig, Schweinfurt, Marianne Schmitt, Rimpar, schufen die in Bildern festgehaltenen IKEBANA-IMPRESSIONEN.

Ihre künstlerischen Arbeiten versinnbildlichen aussagekräftige Zitate aus Max Dauthendeys Japan-Novellen. Die hier gezeigten »Blumenbilder« entstanden vor den Augen interessierter Beobachter während einer Ausstellung im Juli 2004 im Würzburger Tonhaus von Mag Lutz.

Die ästhetisch-zarten Blumengebilde illustrieren in dieser Ausgabe der »Acht Gesichter am Biwasee« Dauthendeys empfindungsreiche Erzählungen in Form dauerhafter Abbildungen. Zwei künstlerische Darstellungsweisen ergänzen sich in sinnvoll-künstlerischer Symbiose.

Im Jahre 2004 ist Max Dauthendeys Japanbuch erstmals in die Landessprache übersetzt worden und unter dem neuen Titel »Die acht Erscheinungen von Omi« im dortigen Buchhandel erschienen. Dank und Anerkennung gebührt den beiden Übersetzern, den Herren Ben Takahaschi und Buntaro Kawase für die Bewältigung dieses Wagnisses. Die Schilderung der Schwierigkeiten bei der Übersetzung von Max Dauthendeys Werk in die japanische Sprache findet sich im Nachwort dieser Ausgabe.

Walter Roßdeutscher

Die acht Gesichter am Biwasee

»Neue Brüder sind sichtbar geworden«, riefen die Japaner schon vor hundert Jahren, »Bäume, die früher dazu da waren, Früchte und Holz zu tragen, Flüsse und Seen, die nur Fische und Seegras anboten, Hügel und Berge, welche Steine und Metalle den Menschen hinhielten, haben jetzt Seele und Gesicht.
Die Seelen der Landschaften sind uns herzliche Brüder geworden. Sie, die bisher unsichtbar waren, zeigen uns heute leidenschaftliche Gebärden.«
Am Biwasee, der hinter den Bergen, nahe der uralten Kaiserstadt Kioto, liegt, haben die Japaner acht Landschaftsgesichter von unsterblicher Leidenschaft entdeckt.
Die acht Gesichter am Biwasee heißen:
Erstens: Die Segelboote von Yabase im Abend heimkehren sehen.
Die Dichter vergleichen die Seele dieses Landschaftsgesichtes mit dem Herannahen einer liebesseligen Schicksalswende.
Zweitens: Den Nachtregen regnen hören in Karasaki.
Dieses Gesicht beschwört die Sprache liebesseliger Vergangenheit und liebesseliger Zukunft.
Drittens: Die Abendglocke des Mijderatempels hören.
Dieses Gesicht singt das Lachen einer liebenden Frauenstimme, das weiser macht als alle Weisheit.
Viertens: Sonnenschein und Brise von Amazu.
Dieses Gesicht spricht von Liebesberückung und Liebesbetörung.
Fünftens: Dem Flug der Wildgänse nachsehen in Katata.
Dieses Gesicht spricht von der Geheimschrift der Liebeserklärung.
Sechstens: Den Herbstmond aufgehen sehen in Ishiyama.
Beplaudert und rührt die Wunder der Liebe an.
Siebentens: Das Abendrot zu Seta.
Dieses Gesicht spricht von seliger Blindheit hitziger Liebesleidenschaft.
Achtens: Den Abendschnee am Hirayama sehen.

Die Seele dieses Landschaftsgesichtes spricht vom erhabenen Wahn unglückseliger Liebe.

Die Segelboote von Yabase im Abend heimkehren sehen

Hanake hatte allen Körperschmuck, den ein japanisches Mädchen sitzend, trippelnd und liegend zeigen muß, um zu den göttlichen Schönheiten der Vergänglichkeit gezählt zu werden. Ihr Hals war biegsam wie eine Reiherfeder, ihre Arme kurz wie die Flügel eines noch nicht flüggen Sperlings. Saß sie auf der Matte und bereitete ihren Tee, so arbeitete sie vorsichtig wie unter einer Glasglocke. Ging sie abends mit ihrer Dienerin auf den hohen Holzschuhen zum Theater, so war sie unauffällig, als hätte sich ihr Körper mit der Sonne zur Ruhe gelegt und als ginge nur ihr Schatten mit der Dienerin und der Papierlaterne den Weg zu den Schatten. Lag sie in der Nacht hinter den geschlossenen Papierwänden ihres Hauses mit frisiertem Kopf auf der Schlummerrolle und zog mit den Fingerspitzen den seidenen Schlafsack ans Kinn, so war ihr feines, vom Mond beschienenes Gesicht vornehm, als wäre es aus Jadestein geschnitten und erschien unzerbrechlich und unvergänglich.
Hanake war das reichste Mädchen am Biwasee, nicht bloß reich an der äußeren Schönheit, welche die Frauen ruhig und wunschlos macht, auch reich an Besitz. Die Götter der Vergänglichkeit hatten sie mit ihren glänzendsten Geschenken, mit Schönheit und Geld, verwöhnt. Aber auch die Göttin der Unendlichkeit hatte ihr eine Seele in die Augen gegeben, so daß ihre Augen weinen konnten, denn die Wollust der Tränen ist das höchste Geschenk dieser Göttin.
Lange, ehe der Krieg Japans mit Rußland begann, hörte Hanake in ihrem Haus am Biwasee von Freunden und Freundinnen, die im Sommer über die Berge von Kioto zum Besuch zu ihr an den See kamen, daß die Fremden vom Westen wie böse Heuschreckenschwärme in Japan erwartet würden, um die Männer zu töten, die

Frauen zu verschleppen und sich in das Land zu teilen. Auf dem Biwasee würde man dann bald Schiffe sehen, die Rauch ausstießen und die Seetiefe mit Schrauben aufwühlten. Auf Eisen würden bald Eisenwagen, rasselnd wie Gewitterwolken, täglich durch Japan eilen. Diese Wagen würden die Fremden in Massen nach Kioto und an die Ufer des Biwasees bringen. Die leichten Vogelkäfige der Bambushäuser würden verschwinden, und Steinhäuser, wie man sie im Westen der Erde baut, würden zum Himmel wachsen, und überall würde dann Rauch und Eisenlärm sein. Denn die Fremden lieben das Eisenrasseln und können ohne die betäubende Stimme des Eisens nicht leben: sie lieben, das Leben als einen ewigen Krieg anzusehen. Sie sind wie Donnergötter ungeduldig und aufstampfend, und sie werden schlimmer als Wolkenbrüche und schlimmer als Taifune Japan verheeren, so sagte man.

Hanake, die keine Eltern hatte und nur mit ein paar Dienerinnen und Dienern noch das Haus ihres Vaters bewohnte, hörte gruselnd die Berichte ihrer Freunde und erfand mit ihren Freundinnen kleine Spottlieder, welche die Dämone des Westens verhöhnten, Lieder, die sie abends bei den Bootsfahrten in lampenerleuchteten Booten auf dem Biwasee sangen.

Eines Abends – die Sonne war eben untergegangen, der See war hell, als wäre er aus Porzellan, weiß und glänzend, der Himmel war golden, als hätte Hanake eine ihrer Truhen geöffnet, die aus Goldlack waren, und die Geheimfächer enthielten - trat Hanake auf den Landungssteg, der vor ihrem Haus in den See reichte, und den links und rechts hohes Schilf umwiegte. In der Richtung nach Yabase erschienen drei Segelboote. Die drei Segel glitten wie senkrechte Papierwände über das abendglatte Wasser. Man sah keine Menschen, denn jedes Segel reichte so tief, daß es das Boot verdeckte. Die aufgepflanzten Segel wurden größer und kamen näher: Hanake fühlte eine Bangigkeit, als kämen mit den drei Segeln drei weiße, unbeschriebene Blätter aus ihrem Schicksalsbuch geschwommen, und plötzlich las sie, als eine Sekunde von Windstille die Segel schlaff werden ließ, ein japanisches Schriftzeichen, zufällig entstanden aus

den Falten jeder Segelleinwand. Das erste Boot sagte: »Ich grüße dich«. Das zweite Boot sagte: »Ich liebe dich.« Das dritte Boot sagte: »Ich töte dich.«
Nach der kurzen Windstille, die knappe Sekunden dauerte, wechselte der See seine Farbe; wie vergossene schwarze Tusche über weißes Papier lief eine Finsternis über die Seefläche, und ganz unvermittelt setzte ein trompetender Seesturm ein, der alle drei Segel fast flach auf das Wasser legte, als müßte die Leinwand den Seeschaum reiben; Hanake tat einen Schrei vor Entsetzen, da sie glaubte, die Segelboote müßten unter dem plötzlichen Wind in den kreiselnden Wellen versinken.
Aber die drei Boote hoben sich wieder. Geschickte Hände regierten die Segel. Doch dieses sah Hanake nicht mehr. Sie hatte zugleich mit dem Schrei, als das aufgeregte Schilf ihr um den Nacken schlug, einen Sprung in die Luft gemacht, wie eine elektrisierte Katze, und war in das Wasser gefallen; und als sie die Augen öffnete, sah sie ein Rudel Fische und wußte, daß sie unter dem Wasser war, als wäre sie selbst ein Fisch. Dann verlor sie das Bewußtsein.
Als sie aufwachte, lag sie in ihrem Zimmer. Es war Nacht, eine Kerze brannte, und ihre Lieblingsmagd, welche ›Singende Seemuschel‹ hieß, kniete neben ihr und weinte in beide Hände. Man hatte sie umgekleidet aber sie roch noch das Seewasser, von dem ihr Haar naß war, und sie besann sich sofort wieder auf die drei Schiffe, und ihre erste Frage war: »Sind die drei Segelboote, die aus Yabase kamen, untergegangen?«
Die Magd antwortete nicht, hörte auf zu weinen und streichelte die Hände ihrer Herrin, entzückt, sie wieder lebend zu sehen.
»Sind die drei Segelboote untergegangen?« fragte Hanake beharrlich.
Aber die ›Singende Seemuschel‹ hatte keine Segelboote gesehen. Die Magd hatte die Herrin auf dem Kies im Schilf gefunden und geglaubt, das junge Mädchen sei von der Landungsbrücke ins Wasser gefallen und habe sich durch einen Zufall selbst gerettet.
»Schiebe die Seefenster auf«, sagte Hanake zur Magd. Diese tat, wie

ihr befohlen. Draußen lagen der See und der Himmel wie ein einziges schwarzes Loch: kein Stern, kein Mond, kein Licht auf dem See. Hanakes Fenster schienen in einen Abgrund zu schauen, und dem jungen Mädchen war, als müsse sie zum zweitenmal ertrinken, so schmerzhaft wurde ihr die Finsternis draußen. Und in ihrer Brust war eine Leere, so unendlich wie die Nacht über dem Biwasee, als habe sie einen großen Verlust erlitten, als wäre mit den drei Booten ihr Herz fortgezogen; und totenstill war das kleine Bambushaus.

»Schließe das Fenster und hole mir den grauen Papagei, nicht den grünen und nicht den gelben – den grauen, ›Singende Seemuschel‹, den mein Vetter mir vor ein paar Wochen mitgebracht hat aus Nagasaki.« Die Magd gehorchte, brachte den grauen Papagei und wurde dann von ihrer Herrin schlafen geschickt. Aber sie hörte in der Nacht bis zum Morgen, wie Hanake ihren grauen Papagei drei Sätze lehrte: Ich grüße dich! Ich liebe dich! Ich töte dich! Und sie sah an der weißen Papierwand den Schatten ihrer Herrin aufrecht neben dem Schatten des Vogels sitzen. Und immer, wenn der Vogel sagen sollte: Ich liebe dich!, dann lachte er so unheimlich knarrend, daß es der Magd gruselte. Während der ganzen Nacht lachten und sprachen Hanake und ihr Vogel zusammen. Und ganz früh rief Hanake zwei Dienerinnen, die sie frisierten, und ›Seemuschel‹, die Lieblingsmagd, die alle Verstecke des Hauses kannte, mußte aus dem ältesten Lackkasten zwei winzige kostbare Satsumavasen holen, die sich in der Familie seit Hunderten von Jahren vererbt hatten, und mußte am Seeufer zwei Schwertlilien abschneiden, eine blaue und eine gelbe. Die Vasen mit je einer Lilie wurden von Hanake in eine Nische gestellt und ein auf weiße Seide geschriebenes Gedicht eigenhändig an die Wand gehängt. Das Gedicht hieß:

> Auf dem See steht ein weißes, segelndes Boot.
> Mein Herz, mein leises,
> Mein Auge, mein heißes, –

Die Menschen, die einsam sind,
Sind wie die Boote von Yabase,
Die blaß hintreiben im Abendwind.

Hanake hatte an diesem Tag allen ihren Freunden und Freundinnen absagen lassen und saß drei Stunden vor Sonnenuntergang schon am Fenster, das auf den See sah. Auf dem Seespiegel brannte die Sonne wie ein helles Herdfeuer, und Hanake hielt einen Fächer zwischen sich und das grelle Licht. Aber von Zeit zu Zeit strengte sie sich an, dem Licht zu trotzen, und suchte mit aufmerksamen Augen die funkelnde Seefläche ab und wünschte die drei Segel herbei, die gestern abend ihre Ruhe mit fortgenommen hatten. Auf Hanakes Kleid waren Schwertlilien gewebt, blaue und gelbe auf silbrigem Grund, und ihr Kopf sah aus der silbrigen Seide, als schaute er aus dem Kamm einer hellen Welle. Sie hatte seit gestern abend noch nicht geschlafen, und das Schauen auf die sonnenfeurige Seefläche brannte ihr fast die Augen aus, so daß sie für einen Augenblick die Augenlider schloß und, ohne es zu wissen, einschlief. Sie hatte vielleicht eine kleine Stunde geschlafen, da weckte sie der graue Papagei, der ihr auf die Schulter kletterte und ihr ins Ohr krächzte: »Ich liebe dich!« und dazu schnarrend lachte.

Hanake hob das Köpfchen aus der silbrigen Seide und sah am Landungssteg ein großes, gerafftes Segel. Das war so nah an ihrem Fenster, daß sie die Segelleinwand an die Maststange klatschen hörte. Sie bog sich vorsichtig aus dem Fenster und sah, daß das Segelboot festgebunden war. Aber im Boot war kein Mensch zu sehen.

Das ist eines der drei Boote, sagte atemstockend ihr heimkehrendes Herz. Aber sie wußte nicht, war es das erste, das zweite oder das dritte Boot.

Da trat ihre Lieblingsmagd, die ›Singende Seemuschel‹, herein und brachte einen zusammengerollten Brief.

»O Herrin, diesen Brief sollt Ihr lesen und Euch für einen hohen Besuch bereithalten«, flüsterte die Magd. Im Brief stand: »Gestern, als wir nach Sonnenuntergang bei Deinem Hause kreuzten, schöne

Hanake, hatten wir das Unglück, Dich zu erschrecken, aber auch das Glück, Dir das Leben zu retten. Und das allergrößte Glück, Dich zu sehen, um Dich nie mehr zu vergessen, wurde mir zuteil. Ich sende Dir heute meinen treuesten Freund, der Dich gestern rettete, der Dich heute zu mir über den See bringen soll und in meine Arme, die Dich sehnsüchtig erwarten. Ich grüße Dich, Hanake.«
Der Brief war unterschrieben mit dem Namen eines jungen Prinzen aus dem kaiserlichen Hause. Und Hanake wußte als guterzogene Japanerin, daß es eine ungeheure Ehre bedeutete, daß ein kaiserlicher Prinz sie seiner Liebe würdigte, und sie ließ den Freund des Prinzen sogleich zu sich herein ins Zimmer bitten.
Die Diele zitterte, und ein prächtiger junger Mann trat ein. Hanake fiel vor ihm auf die Knie und berührte mit der Stirn die Diele, wie es die japanische Begrüßungssitte vorschreibt. Aber es war nicht, als ob ein Mensch, sondern als ob ein stürmisches kleines Pferd ins Zimmer gekommen sei. Sie hörte den Mann mit beiden Füßen mehrmals kräftig aufstampfen, und aus seiner Brust drangen ein paar hohle seufzende Laute.
Hanake wartete mit gesenktem Angesicht lange Zeit auf die Anrede des kaiserlichen Gesandten, denn sie durfte sich erst erheben, wenn der Begrüßte sie dazu aufforderte.
Nach einer Weile, als immer noch keine Anrede erfolgte, hob Hanake leicht ihr Gesicht von der Diele, die noch unter den stampfenden Füßen des Mannes zitterte. Wie zwei Steine aus einer Schleuder geworfen, fielen des jungen Mannes starke Augen in des Mädchens blinzelnden Blick. »Ich liebe dich!« schrien ihr diese ungeduldigen Augen entgegen, und Hanake senkte von neuem ihr Gesicht, das abwechselnd weiß und rot wurde von Blutfülle und Blutschwäche.
»Antworte!« sagte plötzlich der Mann laut.
»Ich liebe dich!« sagte Hanake, tief auf die Diele gebeugt, als wäre die Diele ein Ohr, in das sie hineinflüsterte. Zugleich fiel ihr ein, daß der Befehl »Antworte!« sich wahrscheinlich auf den Brief des Prinzen bezogen habe. Aber es war nicht mehr zurückzunehmen.

Ihre Lippen hatten deutlich gesprochen: »Ich liebe dich!« und den zwei Männeraugen geantwortet, die sie gefragt hatten.

Dann fühlte sich das junge Mädchen von zwei hastigen Händen um den Leib gefaßt. Wie ein Häufchen Seide hob sie der ungeduldige Mann hoch und trug sie aus dem Hause, den Landungssteg entlang. In demselben Augenblick hatte sich der Abendwind erhoben, und der seidene Ärmel von Hanakes Kleid bauschte sich und fiel wie eine Kapuze über den Kopf des Mannes, der sie auf den Armen trug. Und als Hanake aufsah, und ehe sie noch den Ärmel zurückziehen konnte, erblickte sie ein zweites großes Segel, das eben an der Landungsbrücke vorbeizog. Ein Schauder, kälter als der Wind, rieselte ihr über die Haut. Denn in dem Boot stand ein Mann, der war kein Japaner. Er hatte keine schöne gelbe Elfenbeinhaut. Er war grau im Gesicht wie Moder, wie ein Stein, der lange auf dem Seegrund gelegen hat, und seine Haut war runzlig wie die Haut der Kröten. Er hatte ein erschreckend gelbes Haar. Das war hell wie Hobelspäne, und seine Augen waren fischblau, und eine unordentliche Seele blickte Hanake wirr an, als stürze ein surrendes häßliches Insekt auf Hanake los und wolle sie stechen. Sie wußte: es war der Amerikaner, der abends hier am Biwasee im Uferschilf Wildenten jagte. Morgens und abends hatte sie oft den Knall aus seiner Jagdbüchse gehört, und dann waren, zu Tode geängstigt, kreischend und entsetzt, Scharen von Wildenten über Hanakes Haus fortgeflogen.

Das junge Mädchen wartete eine Sekunde; es ließ das Boot des häßlichen Fremden vorübergleiten und zog dann erst den Ärmel vom Kopf des Geliebten. Denn daß der Mann, der sie trug, ihr Geliebter war, sagten ihr seine Hände, die beim Tragen Hanakes Blut anredeten und ihr von großen Zärtlichkeiten erzählten, die sie ihr glühend versprachen.

Nach einer Weile ging das Boot vor dem Wind, und drinnen lag Hanake mit dem Kopf zwischen den Knien des Mannes, der wie ein Feuerdrache in Hanakes Haus gestürzt war, und der wie ein großer Zauberer den Biwasee jetzt in ein riesiges Seidenbett verwandelt hatte, darinnen die beiden eingebettet lagen. Und Hanake sah das Wasser ohne Grenzen, den Himmel ohne Grenzen und die Liebe zu dem plötzlich erschienenen Mann ohne Grenzen.

Sie fragte nicht: »Wie heißt du?« Sein Name war ohne Namen. Sie fragte nicht: »Wohin fahren wir?« Ihre Fahrt war ohne Fahrt. Das Segel stand senkrecht zwischen Wasser und Himmel, und sie wußte, das Segel hatte ein Spiegelbild unten im See, so wie ihr Gesicht im Schoß des Mannes das Spiegelbild des geliebten Gesichtes geworden war.

Das Segelboot glitt nahe am Schilfufer hin. Das Mädchen verstand: der Mann vermied es, auf die Höhe des Sees zu segeln, damit nicht Boote, die von Yabase kämen, ihnen begegneten.

Da knallte ein Schuß im Röhricht, und braune Wildenten strichen aus dem Schilf heraus aufkreischend über die Seefläche. Ein zweiter Schuß schallt, und Hanakes Geliebter wirft die Arme in die Luft, springt auf, wie von einem Strick in die Höhe gerissen, und stürzt kopfüber in den abenddunklen See. Kein Schrei; nur das Aufklatschen des Wassers und der Hall der Schüsse am Ufer des Biwasees entlang springt durch die Stille. Hanake greift unwillkürlich mit beiden Händen über den Bootsrand in das Wasser, wohin der Geliebte verschwand, und als sie die Hände aus dem Wasser zieht, sind sie blutig. Sie fällt lautlos auf den Boden des Bootes, das im Wind weitertreibt.

Hanakes Diener sehen vom Fenster, daß das Boot, in dem die Herrin fortfuhr, draußen nicht weit vom Ufer steuerlos im Kreis treibt und daß ein anderes Boot aus dem Schilf heraus die Seewölbung ersteigt und hinter dem Wasser verschwindet. Ein paar der Diener schwimmen hinaus und bringen das Boot mit der ohnmächtigen Hanake an den Landungssteg.

Zur gleichen Stunde wie am vorhergehenden Abend liegt Hanake ohnmächtig in dem Zimmer, das auf den See geht; bei derselben Kerze, die gestern brannte, sitzt ihre Lieblingsmagd, die ›Singende Seemuschel‹, und wartet auf das Erwachen ihrer Herrin.

Als diese gar nicht zu sich kommen will, kommt die Magd auf den

Einfall, den grauen Papagei zu holen, der von den drei Sätzen immer nur den einen gelernt hat: Ich liebe dich. Als sie den Vogel neben die Kerze in das Gemach bringt, schreit er sofort: »Ich liebe dich!« Da zuckt das Gesicht der ohnmächtigen Hanake zusammen, als habe ihr einer einen unendlichen Schmerz angetan. Ihre Lippen seufzen tief auf, ihr Gesicht verändert die Farbe und wird wie Asche im Aschentopf, der neben der Kerze steht. Die Magd beugt sich erschrocken über ihre Herrin, und wie sie noch zweifelt: Ist das der Tod, der Hanake so entfärbt, da schüttelt der Papagei sein Gefieder, schlägt mit den Flügeln um sich und schreit plötzlich und unvermittelt: »Ich töte dich.«

Die ›Singende Seemuschel‹ starrt entsetzt den Vogel an, dessen großer Schatten vor der Kerze wie der Schatten eines mächtigen schwarzen Segels über die Wände des Gemaches fliegt.

Die Magd greift mit beiden Händen nach dem um sich schlagenden Papagei. Der Vogel schreit zum zweitenmal: »Ich töte dich!« Die Hände der Magd packen das Tier und drücken dem Papagei den Hals zu, damit er nicht zum drittenmal das schauerliche »Ich töte dich!« schreien kann. Der Vogel verdreht seine Augen, läßt mit einem Ruck die Flügel schlaff hängen, spreizt die Krallen und hängt als lebloser Vogelbalg in den Händen der Magd.

Hanake schlägt die Augen auf. Die Magd wirft die Vogelleiche auf die Diele und ruft:

»O Herrin, Ihr kommt wieder! Ihr wart weit fort!« Hanake richtet sich auf, sitzt auf der Diele und sagt in Gedanken:

»Ich glaube, ich komme von den Toten.«

Dann sprach sie lange nicht mehr. Sie sah nicht den toten Papagei. Sie weinte nicht über den Tod ihres Geliebten. Sie ließ sich von der Magd umkleiden, und als ihr diese ein Hauskleid bringen wollte, sagte sie, und ihre Augen sahen durchdringend durch die geschlossenen Wände des Hauses:

»Ich sehe im Abend Boote von Yabase kommen. Ich sehe, man bringt mir ein rotes Scharlachkleid, wie es die Hofdamen tragen. Aber die hundert Segel, die jetzt von Yabase kommen, zeigen in den

Segelfalten keine Schriftzeichen mehr. Jedes Segel ist glatt wie eine leere Hand. Hundert leere Hände kommen in mein Haus.
Bringe mir ein weißseidenes Unterkleid, ›Singende Seemuschel‹, damit ich das rote Scharlachkleid, das man mitbringt, darüberziehen kann.«
Die Magd widersprach ihrer Herrin nicht. Sie öffnete nur ein wenig die Schiebewand nach dem See. Aber sie sah keine Lichter von Booten in der Nacht draußen, kein Bootskiel rauschte im Wasser, nur das Schilf zischte unten um das Haus und in der Ferne um den Landungssteg.
Hanake ist hellsehend geworden, dachte die Magd. Dann ging sie durch die Kammern des Hauses nach den Wandschränken, wo die Kleider gefaltet in großen Lacktruhen lagen. Sie ließ sich von zwei Mägden leuchten. Und die eine Magd erzählte halblaut:
»Wißt ihr schon, unsere Männer, die zur Nachtzeit aus Yabase herüberkamen, sagten, man erzählte sich in allen Teehäusern, daß der Freund eines kaiserlichen Prinzen von einem Europäer auf dem See erschossen worden sei. Der blutige Körper des Toten wurde in Yabase auf den Kies gespült, und heimkehrende Boote haben gesehen, wie der fliehende Europäer, der Wildenten im Schilf gejagt hat, durch einen Fehlschuß den Freund des Prinzen tötete. Der Prinz selbst kam dann an das Ufer, wo die Leiche seines Freundes lag. Der Prinz hat seinen Freund lange angesehen, aber nicht geweint, sagen die Leute. Er hat gefragt, ob in der Nacht noch jemand über den See fährt; und als er hörte, daß unsere Männer noch über den See fuhren, sandte er eine kleine Kleidertruhe und ließ sie in das Boot unserer Männer stellen. Die Truhe ist für Hanake. Morgen, ehe die Sonne im Mittag steht, wird der Prinz selbst zu Hanake kommen, sagte ein kaiserlicher Diener heimlich zu unseren Männern.«
»In der Truhe ist ein rotes Scharlachkleid für Hanake«, sagte die ›Singende Seemuschel‹ zu den Mägden.
»Woher weißt du das?« fragten beide Mägde erstaunt. »Niemand durfte bis jetzt in die Truhe sehen.«
»Wir wissen das bestimmt«, nickte die Gefragte. Sie nahm das weiß-

seidene Unterkleid über den Arm und schickte die Mägde in die Küche.

Am nächsten Tag um die Mittagsstunde kam ein Segel auf Hanakes Haus zu.

Die ›Singende Seemuschel‹ sagte zu Hanake, die im Purpurkleid auf der Altane saß und weiß und rosa geschminkt war, so dick gepudert und geschminkt, als verberge sie das Gesicht hinter einer rot und weißen Maske:

»Das ist nicht der Prinz, der da kommt. Denn ich sehe nur *ein* Segel, Herrin, und Ihr sagtet gestern nacht voraus, es würden hundert Segel kommen. Alles, was Ihr sagtet, als Ihr von den Toten erwachtet, ist eingetroffen. Wenn aber der Prinz nur in *einem* Boot kommt, dann habt Ihr Euch geirrt, weil Ihr von hundert Booten gestern redetet.«

»Schweig und empfange den Prinzen«, sagte Hanake mit einer fast männlichen Stimme, die die Magd nie an ihr gehört hatte. »Geh mit allen Mägden und allen Dienern dem Prinzen zur Landungsbrücke entgegen, denn ich kann noch nicht gehen, meine Füße zittern noch. Ich kann den Prinzen nur hier im Hause empfangen.

Als ich im Tode lag unter den Toten, aber mit meinem Geliebten nicht vereinigt war, fragte meine Seele alle Toten:

›Was habe ich getan, daß ich meinen Geliebten nicht unter den Toten finde?‹

›Du hast noch dem Leben verweigerten Gehorsam zu geben‹, sagten die Toten, und ich erwachte wieder.

Ich weiß es, ich habe gefrevelt. Ich habe meinen Leib einem Prinzen, einem Sohn des Himmels, entziehen wollen und habe einen anderen Mann umarmt. Aber der Geliebte konnte meinen Leib nicht mit in den Tod nehmen, weil ich erst lernen mußte, dem Leben zu gehorchen.«

Die Magd weinte über Hanakes Worte, aber Hanake verbot es ihr und sagte:

»Wir wollen nicht neuen Ungehorsam auf dies Haus laden. Ich darf nicht weinen, wenn ich auch bis an die Augen voll Trauer bin. Mei-

ne Füße aber zittern, und ich kann dem Prinzen nicht entgegengehen. Ich kann meine Füße noch nicht zum Gehorsam zwingen. Wenn der Prinz dich fragt: ›Wo ist Hanake?‹, sage, und laß dir nichts merken, sage: ›Verzeihung, Sohn des Himmels, meine Herrin trauert um ihren toten Lieblingspapagei. Aber wenn meine Herrin des Prinzen Angesicht sieht, wird ihre Trauer zur Freude werden und doppelt glänzen, wie dein weißes Segelboot, o Herr, im Biwasee.‹«
Und wie der Schiller auf starrem, poliertem Porzellan glänzte Hanake bis zum Abend, solange der Prinz in ihrem Haus war und mit ihr spielte. Und auch als sie ihr Scharlachkleid öffnete und ihren kleinen weißgepuderten Leib nackt in die Arme des Prinzen legte, sang sie Lieder und zwitscherte mit den Lippen. Der Prinz sagte am Abend:
»Dein Leib ist mir lieb, weil er kühl ist wie die Schneeflocken und mich aufweckt wie die Kälte am Wintermorgen.
Und nun singe mir noch zum Abschied das Lied vom Biwasee, das nur auf weiße Seide geschrieben werden darf.«
Die ›Singende Seemuschel‹ saß hinter der Papierwand im Nebenzimmer, wo sie Gitarre spielen mußte, solange der Prinz die nackte Hanake umarmte. Aber als die treue Magd hörte, daß der Prinz das Lied von ihrer Herrin verlangte, das nur eine sehnsüchtig Liebende singen darf, da konnte sie sich nicht mehr des Schluchzens erwehren. Und während die Hände der ›Singenden Seemuschel‹ auf der Gitarre spielten, wimmerte ihre schluchzende Brust.
Hanake, die in ihr Scharlachkleid schlüpfte, raschelte mit der Seide, damit der Prinz das Wimmern der Magd nicht höre. Dann wollte sie singen. Aber der Prinz fragte, ehe sie begann:
»Weint jemand hinter der Wand?«
»O nein«, lächelte Hanake, »das sind nur Brieftauben, die ich in einem Käfig halte, und ihre Köpfe glucksen, weil sie zuviel gefüttert wurden.«
»Singe jetzt!« sagte der Prinz.
Das Wimmern hinter der Papierwand verstummte, und Hanake sang das Lied:

»Auf dem See steht ein weißes, segelndes Boot.
Mein Herz, mein leises,
Mein Auge, mein heißes, –
Die Menschen, die einsam sind,
Sind wie die Boote von Yabase,
Die blaß hintreiben im Abendwind.«

Hanake hatte während des Singens ihren Kopf in den Schoß des Prinzen gelegt und mit offenen Augen zur Decke gestarrt. Ihr Körper war in derselben Stellung wie an jenem Abend auf dem Biwasee im Boot, als sie mit dem Kopf im Schoß ihres Geliebten gelegen.
Plötzlich fährt Hanake, wie von einem Schuß getroffen, auf. Sie wirft die Arme in die Luft und fällt ohne Aufschrei auf die Diele, wo sie in tiefer Ohnmacht liegen bleibt.
Der Prinz wird blaß. Auf seinen Ruf kommt die Magd hinter der Papierwand hervor. Der Prinz sieht die verweinten Augen derselben und denkt, daß Magd und Herrin wirklich in Trauer seien über den toten Papagei. Er ist erstaunt darüber und sagt: »Deine Herrin ist noch schwach von Trauer über ihren toten Papagei. Pflege deine Herrin; und wenn sie aufwacht, sage ihr, ich käme morgen abend und hundertmal wieder.« Die Magd verneigt sich vor dem Prinzen, sie verbirgt ihre verweinten Augen und lügt:
»Sohn des Himmels, verzeiht meiner Herrin! Aber der Tod ihres Papageis ging ihr nicht so sehr zu Herzen wie jetzt der Abschied von Euch. Die Trauer darüber hat sie gleich einer Ohnmacht überfallen.« –
Als Hanake wieder zu sich kommt, sieht sie fern im Abend über dem Biwasee das verschwindende Segel des kaiserlichen Bootes, und das Kielwasser treibt eine lange schwarzlinige Welle von der Mitte des Sees bis an Hanakes Haus.
Hanake murmelt: »Die Magd sagt: hundertmal wird er wiederkommen! Ich will lieber *hundert* verschiedene Männer umarmen, ihr Götter! Erlaßt es mir, einem Mann Liebe heucheln zu müssen *hundertmal* hintereinander. Ich schwöre euch: ich will mich lieber auf

dem Liebesmarkt zu Tokio hingeben, wo fünftausend Mädchen sich jede Nacht einem andern Mann anbieten. Aber erlaßt mir, o Götter, die Qual, und bindet mich nicht hundert Nächte an den einen Mann, der sich einredet, daß ich ihn liebe.«

Die untergehende Sonne schminkte den Himmel wie das Gesicht eines Freudenmädchens. Karminrosig und violett-silbrig färbten sich alle Wolken über dem Biwasee, wie die fünftausend Mädchengesichter auf dem Liebesmarkt zu Tokio.

Dann hörte Hanake lautes Gelächter, laute Männer- und Frauenstimmen, das Räderrasseln von kleinen Rikschawagen und das Geschrei von Kulis. Eine Schar ihrer Freunde und Freundinnen war in Wagen und Tragsesseln von der Landstraße hergekommen und rief jetzt von draußen ins Haus nach Hanake. Dann drängten die Gesichter ihrer Freunde und Freundinnen in das Nebenzimmer, und Hanakes Gesicht wurde wieder höflich und freundlich und unbeschrieben wie eine weiße Eierschale.

Sie warf noch rasch einen Blick aus dem Fenster. Das Segel des kaiserlichen Bootes war hinter der Seehöhe verschwunden. Der See lag gradlinig, und nur wie eine kleine, schwarze Schnur zog sich am Horizont das Kielwasser des verschwundenen Bootes hin. Die Kielwelle erreichte nicht mehr Hanakes Haus und verlor sich wie ein abgerissenes Band draußen auf der Seefläche.

Hanakes Herz war leichter. Sie trat aus dem Seegemach in das nebenan liegende Gemach, in das die Freunde hereindrängten. Das Haus war jetzt voll von zwitschernden Frauenstimmen und gurgelnden Männerkehlen, die den Atem auf japanische Sitte laut und achtungbezeugend einzogen.

Nachdem alle eine Weile voreinander auf den Knien gelegen hatten und sich verbeugt hatten, rutschten alle zusammen, bildeten einen Halbkreis um Hanake und hockten auf den Seidenkissen am Boden, und das Zimmer war laut wie ein Baum, im dem eine Sperlingsschar plaudert.

Gerüchte, daß ein kaiserlicher Prinz sich nach Hanake umsähe, hatten sich bei den Freunden verbreitet; aber niemand wußte Genaues, und niemand wußte vom Besuch des Prinzen. Alle waren des Mordes wegen gekommen, der sich auf dem See in der Nähe von Hanakes Haus ereignet haben sollte. Sie wollten wissen, ob Hanake den Schuß gehört habe? Ob der Europäer fehlgeschossen oder auf den Japaner gezielt habe? Ob Hanake damals am Fenster gestanden habe? Und ob nach dem Schuß das Seewasser rot von Blut gewesen sei? –

Hanakes Gesicht verlor keinen Augenblick die starre Politur. Die Magd hatte ihr, als sie aus der Ohnmacht aufgewacht war, das Scharlachgewand ausgezogen und ihr ein blaues Gewand gereicht, auf dem nur Seewellen und Wolken eingewebt waren, und hatte die Schminke und den Puder erneuert und den klingenden Haarschmuck in ihrem Haar fester gesteckt, als man das Herannahen der Freunde hörte.

Jetzt reichten die ›Singende Seemuschel‹ und die anderen Mägde den Gästen Tee und Pfefferminzzucker herum und kleine, winzige Kuchenwürfel.

Als die Schar der Fragen sich wie eine Dornenhecke um Hanake aufbaute, suchte die ›Singende Seemuschel‹ nach einem rettenden Gedanken, um ihrer Herrin zu helfen. Sie lief fort, holte den toten Papagei, kam wehklagend herein und sagte:

»Ach, Herrin, seht, der Papagei liegt im Sterben!«

Aber wie war sie verblüfft, als Hanake sie abwies und lächelnd zu den Gästen sagte:

»Ich glaube, meine Magd ist irrsinnig geworden von der Ehre, die uns heute widerfuhr. Sie zeigt mir den Papagei, der seit gestern tot ist, und der uns heute schon helfen mußte, einen kaiserlichen Prinzen zu belügen.«

Im Zimmer wurde es still, wie wenn alle Spatzen aus einem Baum fortgeflogen sind.

Alle Gäste verstanden, daß der Prinz dagewesen war, alle verstanden, daß Hanake ihn nicht liebte; und daß man einen Prinzen belügen könnte, war ihnen auch noch verständlich.

Aber welch ein Frevel, laut über den Sohn des Himmels zu spotten und einzugestehen, daß man ihn belogen hatte!
Als wären allen Gästen die Teetassen aus den Händen gefallen und als wäre der Tee vergossen, so erschrocken saßen alle und starr. Keiner rührte mehr einen Teeschluck an. Und als Hanake mit kalten, glitzernden Augen sagte: »Der Prinz wird nicht von dieser Lüge sterben. Ich bin auch nicht an seiner Liebe gestorben – da schlossen die Freunde vor Schreck ihre Augen. Die Männer richteten sich auf, und wie eine Schar Krebse, die nach rückwärts krabbelt, verließ die Freundesschar das Gemach, teils aus Furcht, weil in diesem Haus gegen den Sohn des Himmels gefrevelt wurde, teils erschrocken vor Hochachtung, weil die Luft hier noch voll sein mußte von der Leidenschaft und der Nähe des kaiserlichen Prinzen.
Unter kaum hörbar gewisperten Entschuldigungen verließen die letzten das Haus, bestürzt und eilfertig, als wären die Zimmer des Hauses voll Feuer, das sie alle verbrennen könnte.
Hanake aber ließ das Zimmer aufräumen, ließ sich von der ›Singenden Seemuschel‹ eine Schlummerrolle unter das Genick schieben, streckte sich auf der Diele aus und schlief fest ein.
Am nächsten Abend erschien ein Segel auf der Seehöhe. Es kam wie ein selbstbewußter Schwan lautlos auf Hanakes Haus zugeschwommen. Aber die Landungsbrücke bei dem Haus blieb leer. Nur die Köpfe der Schilfblüten bewegten sich und verneigten sich vor dem kaiserlichen Boot und vor dem Prinzen, der ans Land stieg.
Die Papierfenster und die Bambustüren von Hanakes Haus waren geschlossen und öffneten sich nicht, als der Prinz klopfen ließ. Wie eine Laterne ohne Licht lag am See das gegitterte Holzhaus mit den weißen Papierscheiben. Ein vorüberfahrender Schiffer in seinem Boot sagte den Leuten des Prinzen, daß Hanake am Morgen alle ihre Dienstboten entlassen habe. Sie habe ihr Haus zugeschlossen und sei nur mit einer Magd auf ihrem Segelboot in den See hinausgefahren; aber niemand wußte, wohin die Fahrt gegangen.
Das kaiserliche Boot kreuzte die ganze Nacht auf der Seefläche in

der Nähe von Hanakes Haus. Aber die Papierfenster des Hauses blieben dunkel, und das lautlose kaiserliche Boot verschwand gegen Morgen hinter der Seehöhe.

Am nächsten Abend kamen hundert kaiserliche Segelboote von Yabase. Sie kamen an wie hundert weiße Fächer, die sich über den See spannten. Sie kreuzten über den ganzen Biwasee, während der ganzen Nacht, von Ozu bis Yabase, von Karasaki bis Katata, von Seta bis Amazu. Und als leuchteten sie in die Unterwelt des Sees, so zogen sie die hellen Scheinbilder der hundert weißen Segel durch die Seetiefe nach sich.

Die nächsten Abende wiederholte sich das Schauspiel der hundert Segelboote, die Hanake suchen sollten und die sich durch den Seenebel verteilten wie hundert weiße Seidenspinnerschmetterlinge, die in einem grauen, riesigen Spinnwebnetz hängengeblieben wären. –

Jede kleine japanische Stadt eröffnet abends einen Liebesmarkt, der sich Yoshiwara nennt. Der Yoshiwara in Tokio ist einer der größten Liebesmärkte in Japan, wo die schönsten Mädchen vom Inland und aus allen Provinzen zusammenkommen, wo sich verwaiste Mädchen vom Ertrag der Liebe zu ernähren suchen, wo verarmte Mädchen mit dem Erlös der Liebe ihre alten Eltern zu erhalten suchen. Auf diesen Liebesmärkten verkauft sich die Liebe natürlich und schandlos.

Unschuldig und feurig, wie die Sterne der Milchstraße nachts am Himmel, beleuchten sich nach Sonnenuntergang die schöngepflegten, sauberen und breiten Straßen des Liebesmarktes. Das große eiserne Gitter, das den Stadtteil des Liebesmarktes von der Stadt trennt, steht, von Polizisten bewacht, weit offen. Hinter dem offenen Tor, in der Mitte der Eingangsstraße, zieht sich im Frühlingsabend eine rosige Wolke hin durch die Luft: die rosigen Blüten blühender Kirschbäume, welche in der Mitte der Straßenlinie eingehegt stehen. Links und rechts von der Straße beleuchten die kleinen, einstöckigen Häuser mit milden, weißen, langen Lampionketten ihre Balkone.

Lautlos und feierlich und ruhig beleuchtet, liegt hier der Weg offen zu den fünftausend Mädchenschönheiten. In den weiten Seitenstraßen, welche die Eingangsstraße kreuzen, beginnt der Liebesmarkt. Hier stehen saubere, ebenfalls mit weißen Lampenketten erleuchtete Häuser. Die Erdgeschosse aller dieser Häuser zu beiden Seiten der Straße zeigen große, offene, vergoldete Gemächer. Die sind durch hölzerne Gitterstäbe wie goldene Käfige von der Straße getrennt und innen beleuchtet von elektrischen Glühbirnen.
In jedem langen Gemach sitzen in einer Reihe der Straße entlang dreißig bis fünfzig junge, schmalschultrige Mädchen, in blumige, kostbare Seidengewänder gehüllt. Jede sitzt auf einem kleinen Seidenkissen wie ein Schaustück in einem Schaufenster.
Die langen Reihen der weißgepuderten und rosageschminkten Gesichter, unter schwarzen, hohen Frisuren, die mit goldenen Nadeln bedeckt sind, enden nicht. Und Viertelstunde um Viertelstunde kannst du durch die Straßen gehen, vorüber an den Heeren der Tausende von jungen Mädchen.
Die Wände jedes Gittergemaches sind schwer geschnitzt. Aus Goldlack und rotem Lack stehen lebensgroße Bäume darin, springen lebensgroße Tiger und Drachen an den Lackwänden entlang, fliegen lebensgroße Kraniche und Paradiesvögel, größer als die kleinen Mädchen, an den Wänden der Gemächer hin.
Wie dreißig weiße Perlen, in einer Reihe aufbewahrt in einer goldenen oder roten Truhe, leuchten perlenweiß die eirunden, gepuderten Mädchengesichter in jedem Gemach. Mal sitzen da dreißig in eisvogelblauen Gewändern, mit scharlachnen Blumen bestickt, mal dreißig in smaragdgrünen Gewändern, mit karmesinroten Blumen bestickt, mal fünfzig in weißen Gewändern, mit regenbogenfarbigen Schmetterlingen bestickt, mal fünfzig in schwarzen Gewändern, darunter die Schleppen von rosa-, grün- und blauseidenen Gewändern abgestuft vorschauen.
Jedes Mädchen hat neben sich einen großen Porzellantopf, darin Holzasche um Kohlenglut liegt. Sie rauchen kleine, silberne Pfeifen, in die nur eine Prise Tabak geht, nicht mehr, als Daumen und Zei-

gefinger zu einer kleinen Tabakkugel drehen können, und zünden diese mit einem Stückchen Kohle in feiner, silberner Zange an. Die eine frisiert sich vor ihrem kleinen Spiegel; die andere schreibt mit einem Tuschepinsel auf ihrem Schoß auf einem langen Reispapierstreifen einen Brief; die nächste trinkt Tee aus einer fingerhutgroßen Tasse; und wieder eine fächelt sich, und wieder eine andere liest in einem kleinen Büchlein einen Roman. Eine zupft eine Mandoline, und eine andere wispert ein Lied dazu. Eine kommt an das Gitter getrippelt, hebt vorsichtig ihre drei Schleppen, winkt verstohlen ein paar Fremden; eine andere kommt an das Gitter und plaudert mit Mutter und Geschwistern, die zum Besuch auf der Straße stehen, freundlich und bescheiden.

Eine vielhundertköpfige Menschenmenge, Männer, Soldaten, Frauen und Kinder, ziehen gesittet, flüsternd und lächelnd, mit hell beschienenen Gesichtern, durch die erleuchteten Straßen, vorüber an den vergitterten Gemächern der Erdgeschosse. Und stundenlang bis nach Mitternacht wandern die Volksmengen jeden Abend vor den fünftausend Mädchen auf und ab, stehen als Besucher an den Gittern, treten als Besucher in die Häuser, kaufen sich Gesang, Musik, Tanz und Liebe, nachdem jeder Mann auf der Straße unter den dreißig eines Gemaches seine Wahl getroffen hat.

Hier in eines der Häuser des Tokioyoshiwara trat Hanake mit ihrer Magd ein und blieb hundert Nächte, um hundertmal ihren Leib zu verkaufen, wie sie es den Göttern versprochen hatte, um sich dadurch freizukaufen von dem Gehorsam gegen den Sohn des Himmels. Sie verkaufte sich jungen Männern, welche die Liebe kennenlernen wollten, und alten, von der Lebenssorge abgetöteten, einsamen Männern, welche die Liebe noch einmal erleben wollten, ehe sie starben; sie verkaufte sich den in den Krieg gehenden Soldaten und den aus Schlachten heimgeschickten Invaliden; sie verkaufte sich Studenten, Handwerkern, Adeligen und Kulis. Nur den Ausländern, den Europäern und Amerikanern, verweigerte Hanake ihren Leib.

Aber eines Abends kam ein junger Amerikaner, ein hübscher Marineoffizier, in das Haus und forderte für sein gutes Geld vom Hausbesitzer Hanake. Es war in den Tagen, da die amerikanische Flotte im Hafen von Yokohama lag und die Amerikaner der japanischen Nation einen Ehrenbesuch machten. Vom Stadtgouverneur war der Befehl ergangen und an den Straßenecken angeschlagen: »Japaner! Ihr dürft nicht vor den Europäern ausspucken! Ihr dürft ihnen auch keine Stöcke in den Weg werfen, daß sie stolpern. Auf den Straßen sollt ihr nicht zu dicht neben den Europäern gehen, immer drei Schritte von ihnen weg. Ihr sollt alle europäische Barbaren überhaupt höflich behandeln, als wenn sie gesittete Asiaten wären. In den Besuchstagen der amerikanischen Flotte soll kein Mädchen in den Yoshiwaras sich einem Ausländer verweigern dürfen.«

Hanake verweigerte sich trotzdem. Und da es gerade die hundertste Nacht war, in der sie den Göttern gedient hatte, floh sie mitten in der Nacht samt ihrer Magd durch eine Hintertür aus dem Yoshiwarahaus, ließ ihre Kleidung und ihren Schmuck zurück und eilte in ihren Alltagskleidern aus dem Yoshiwara. Verhüllt und unbemerkt entkam sie im Gedränge der vielhundertköpfigen Menge. Sie trug nichts bei sich als einen kleinen Vogel in einem winzigen Käfig.

Eines der Mädchen in dem Yoshiwara hatte ihr eine Stunde vor der Flucht den Vogel verkauft, eben als der amerikanische Offizier in das Haus trat. Im Schreck der Flucht hatte Hanake den Vogelkäfig krampfhaft in der Hand behalten, ohne ihn loszulassen. Der Vogel war ein Nachtigallenmännchen und saß verblüfft in dem kleinen Käfig, denn er war eben erst von seinem Weibchen, mit dem er einen anderen Käfig geteilt hatte, getrennt worden.

Die beiden Frauen wollten den Vogel unterwegs füttern, aber er fraß nicht. Sie reisten beide mit dem wunderlichen Vogel in der Nacht mit dem nächsten Zug nach dem Biwasee und kamen am nächsten Mittag wieder in Hanakes Haus am See an.

Die Magd öffnete die Fenster und ließ frische Luft durch die Kammern streichen. Es war Herbst geworden, und mit jedem Luftzug flogen welke Blätter von den Uferbäumen herein.

Das Seewasser zeigte nicht mehr die blaue Sommerfarbe, es war tiefgrün. Die Sonne stand schräg und warf gespenstige Schatten. Das lebhafte Schilf war abgemäht, und die Stoppeln standen lautlos und tot.

Aber Hanake wurde von der Herbstwelt nicht traurig gestimmt. Das Leben im Yoshiwara ging noch in lauten Bildern durch ihr Blut. Sie war täglich, hundertmal bewundert worden, hatte hundertmal gefallen, hatte hunderttausendmal lachen müssen, ohne lachen zu wollen, war hundertmal umarmt worden, ohne eine Umarmung zu ersehnen. Die Bewunderung war ihrem Körper zur Gewohnheit geworden. Hanake wußte jetzt fast nicht mehr, warum sie einst aus diesem Hause hier am See fortgegangen war. Sie hatte den Tag mit dem Prinzen beinah ganz vergessen, sie hatte kaum noch den Abend mit dem Geliebten in Erinnerung. Sie hörte nur noch den Schuß im Ohr und sah sich noch im Boot auf dem Schoß des Geliebten liegen, wenn sie wollte. Aber sie konnte sich nicht mehr des Gesichts ihres toten Geliebten erinnern, nicht mehr seine Stimme erinnernd zurückrufen. Die Hunderte von Gesichtern und Stimmen, die im Yoshiwara Hanake bewunderten, hatten das Gesicht und die Stimme des Geliebten aus ihrer Erinnerung verdrängt. Hanake war auch darüber nicht traurig, nur verwundert.

Es wurde Abend. Die Magd hatte das Haus bestellt. Da bemerkte Hanake das kleine halbtote Nachtigallenmännchen im Käfig und dachte: »Ich will dich fliegen lassen, kleiner Vogelmann. Vielleicht fliegst du zurück ins Yoshiwara nach Tokio zu deinem Weibchen.« Sie öffnete den Käfig. Da schoß der kleine Vogel heraus. Anstatt aber aus dem offenen Fenster zu fliegen, warf er sich wie ein Wütender in Hanakes Frisur und riß wie wahnsinnig geworden mit den beiden kleinen Krallenfüßen in den Haaren des erschrockenen Mädchens und fiel dann wie tot an Hanake herunter auf die Diele.

Hanake zitterte vor Schreck und sank in die Knie. Sie verstand, daß das Vogelmännchen, das sie von dem Weibchen getrennt hatte, sich an ihr rächen wollte und vor wütender Aufregung gestorben war.

Hanake hielt die Finger an ihr schmerzendes Haar. Aber es war, als sei der Liebesschmerz des Vogels in ihr Herz gedrungen und habe auch in ihrer Seele wieder alle Liebeserinnerungen geweckt.

In der Ferne auf dem See tauchten drei Segel auf. Sie zogen der Seelinie entlang, langsam, und verschwanden. Hanake erkannte, als sie vom See weg auf die weiße Wand ihres Zimmers sah, plötzlich wieder in der Erinnerung das Gesicht ihres Geliebten. Sie schauderte vor Entzücken.

Sie wollte das Gesicht des Geliebten mit ihren Augen auf der weißen Wand festhalten. Aber die Gesichtszüge verschwanden, und die Erinnerung erlahmte wieder, und Hanake wurde verstört und tief traurig.

»Kleiner Vogel«, seufzte Hanake, »zeige mir den Weg zu meinem Geliebten!«

Der kleine Vogelkörper zuckte plötzlich auf der Diele zusammen und flatterte taumelnd an die Papierwand. Dort stand in einer Nische neben einer Blumenvase ein winziger Lackkasten. Der um sich schlagende Vogel warf das Lackkästchen aus der Nische. Die winzige perlmutterbeschlagene Schublade des Kästchens fiel heraus, und der Vogel stürzte dann tot zur Diele. Aus der offenen Schublade aber flatterten im Windzug ein paar Seidenpapiere zu Hanake hin.

Zwischen den Seidenpapieren lagen kleine Stückchen des platten Schaumgoldes, womit die Japaner ihr Briefpapier schmücken. Aber Hanake verstand auch den tödlichen Wert, den das Schaumgold für den Lebensmüden hat. Rasch entschlossen legte sie sich ein paar Blättchen des dünngefalzten Rauschgoldes auf die Lippen, tat ein paar Atemzüge und hüllte ihr Gesicht in die Ärmel ihres Kleides. Dann sank sie erstickt auf die Diele am offenen Fenster hin.

Den Nachtregen regnen hören in Karasaki

Kiri war der einzige Sohn der ›Wolke vor dem Mond‹ – so hieß seine Mutter. Sein Vater war Fischer, und außer einem Kahn und den Fischfanggeräten und einer kleinen, struppigen Strandhütte besaßen Kiris Eltern nichts.

»Doch wir sind reicher«, sagte Kiri immer, »reicher als die Reisfeldbesitzer in den Bergen am Biwasee, reicher als die Kaufleute von Ozu. Unser Besitz ist größer als die Hauptstadt Kioto. Denn uns Fischersleuten gehört der ganze Biwasee und alles, was darin ist; der Biwasee ist unser Königreich.«

In Karasaki verspotteten die Mädchen den Kiri, der stets den Biwasee als sein Eigentum aufzählte, wenn man von Geld und Vermögen sprach; und sie nannten ihn den Fischkönig von Karasaki.

Aber immer am ersten April, wenn alle Häuser eine Bambusstange aufs Dach oder vor die Tür stellten, und der Hausvater meterlange Papierfische an der Stangenspitze befestigte, so viel Fische, wie ihm seine Frau in der Ehe Knaben geboren hatte, dann war immer Kiris trostlosester Tag gewesen. Auf ihrer Strandhütte zappelte nur ein einziger Fisch, während drinnen über den Dächern von Karasaki Hunderte von Fischen wie Fahnen die Luft füllten. Kiri fand sein Vaterhaus dann sehr traurig; und das Wort Fischkönig, das ihn sonst gar nicht ärgerte, schien am ersten April gar nicht auf Kiri zu passen. Solange er Knabe war, hatte er sich an diesem Tag versteckt und sich fern von Kindern gehalten, weil er sich für seinen Vater und seine Mutter schämte, die ihn als einziges Kind im Hause hatten und am großen Fischfesttag nur einen einzigen Fisch auf der Bambusstange vor der Haustür waagrecht im Wind flattern ließen.

Kiri war jetzt siebzehn Jahre und dachte ans Heiraten. Zwei Mädchen kamen für ihn in Betracht: eine kleine Teehaustänzerin, die nicht mehr jung war, aber etwas Geld beiseite gelegt hatte, da sie einmal sehr schön gewesen und gewisse Liebesumarmungen besser verstanden hatte als andere Teehausmädchen. Sie hieß ›Perlmutterfüßchen‹ und war Kiri besonders von seiner Mutter und von seinem Vater dringend zur Ehe empfohlen.

Die andere war eine Traumerscheinung, ein Mädchen, von dem er immer träumte, wenn er den Nachtregen über Karasaki regnen hörte.

Diese Auserwählte war sein persönliches Geheimnis. Kein Bewohner von Karasaki hatte sie je gesehen. Keiner der Menschen, die rings um den Biwasee wohnen, war ihr je begegnet. Nur Kiri allein wußte, wie sie aussah; aber weder seinem Vater noch seiner Mutter, der ›Wolke vor dem Mond‹, erzählte er jemals von diesem Mädchen. Jetzt im März, im Vorfrühling, lag Kiri in einer Nacht allein draußen auf dem See, hatte eine Kienfackel am Kiel des Bootes befestigt, das große Netz ausgeworfen und ruderte langsam, vom rötlichen Feuerschein umgeben, über das Wasser, das schwarz wie Nachtluft war, und das ihm vertraut war wie die Diele seiner Elternhütte. In dieser Nacht rauschte der See nicht, und soviel Kiri auch horchte, kein Fisch rührte sich und schnellte auf. Es war, als sei der See drunten fischleer wie der Himmel droben. Der junge Fischer verwunderte sich allmählich, daß ihm nicht ein einziges Fischerboot begegnete, obwohl kein Nebel war, und daß auffallenderweise nicht ein einziges Fackellicht von anderen fischenden Booten in der dunklen Runde zu bemerken war. Nur Kiris Kienspan knisterte und paffte. Aber keine Welle funkelte, und zum erstenmal wurde es Kiri unheimlich auf dem altbekannten, treuen, guten See. Die Ruder ruderten widerstandslos, als zerteilten sie gar kein Wasser. Kiri zog zuletzt die Ruder ein und getraute sich nicht mehr, den See zu berühren. Sooft er auch das Fischnetz hob, es war leer, und nicht die kleinste Seemuschel und nicht der kleinste Fisch – nichts hing in den nassen Maschen. Wie Kiri noch lag und nach allen Richtungen horchte, um Geräusche von fernen Ufern aufzufangen, da er nicht mehr wußte, ob sein Boot auf der Seehöhe oder in Landnähe sei, da tauchte im roten Schein seiner Kienfackel am Kiel ein ovaler Fleck auf, ähnlich dem aufgehenden Mond über der Seelinie. Kiri griff erleichtert zu den Rudern und wollte dem blassen Fleck entgegenfahren. Aber sein Boot schien sich nicht mehr vom Fleck zu rühren, soviel er auch ruderte.

Nun wußte Kiri, daß eine der Seeverzauberungen über ihn und sein Boot gekommen war, daß der Seebann, vor dem sich alle Bewohner von Karasaki fürchteten, sein Boot festhielt und daß das blaue Licht, das durch den rotbraunen Fackelschein ihm entgegensah, das Gesicht eines Seedämons war, dem er nicht mehr ausweichen konnte.

Die Kienfackel hörte auf zu paffen, brannte eine Weile lautlos; dann schrumpfte ihr Licht ein, als wäre die Fackel ins Wasser gefallen. Und das alte vertraute Boot, in dem Kiri von Kindheit an geatmet, gearbeitet, gegessen und geschlafen hatte, war schwarz geworden wie die Nachtluft und wie das Seewasser. Kiri fühlte nicht mehr den Bootsrand. Vielleicht war auch sein Körper jetzt Luft, verzaubert von dem fahlen Gesicht des Dämons, der nun erscheinen sollte. Kiri erwartete eine Schreckensgestalt, einen Seedrachen mit zackigen Flügeln, einen Riesen, der den Kopf nicht auf den Schultern trüge, sondern dem er aus dem Bauch wüchse, dort, wo sonst bei den Menschen der Nabel ist.

»Guten Abend, Kiri«, sagte ganz einfach eine Stimme im Dunkel. »Warum hast du kein Licht an deinem Boot?« sagte die Stimme eines Mädchens. »Kannst du nicht etwas Licht anzünden? Ich habe meinen Feuerstein ins Wasser fallen lassen und bin auf dein Boot zugerudert, ehe deine Fackel erlöschte. Kiri, schläfst du? Höre doch und mache Licht!«

»Wer bist du?« getraute sich Kiri erleichtert zu fragen. »Mach Licht, dann wirst du mich sehen. Du kennst mich gut, Kiri. Verstell dich nicht und erkenne mich! Erinnerst du dich nicht mehr«, sagte die Stimme im Dunkel, »weißt du nicht mehr, wo wir uns zum letztenmal verließen?«

»Nein, ich kenne dich noch nicht«, gab Kiri zurück. Und sein Herz suchte in allen seinen Erinnerungen. Und wie er grübelte, wurde es seltsamerweise Tag, und Kiri sah keinen See, keine Ufer – er lag auf der Altane eines Hauses, das er gut kannte, aber in dem er lange nicht gewesen war; neben ihm auf einem flachen Seidenkissen saß ein schönes junges Mädchen und sagte: »Samurai, kennst du mich jetzt?« Und er sah sie an und grübelte wieder in seinen Erinnerungen und sah über das Altanengeländer einen Zwerggarten mit kleinen Brücken und kleinen Felsen. Und unter einer der kleinsten Brücken ging eben das letzte Stückchen der Abendsonne unter. Und Kiri grübelte, und der erste Stern erschien über dem lautlosen Zwerggarten. Aber der junge Mann erkannte das Mädchen nicht, und er erkannte auch das Haus noch nicht, obwohl er wußte, daß es sein Haus war. Doch es lag nicht am See, und es war kein Fischerhaus. Es war das Haus eines Samurai, eines reichen Adeligen aus der Kriegerkaste.

Kiri betrachtete seine rechte Hand und sah, daß sie nicht mehr die grobe Hand eines Fischers war. Und Kiri grübelte und hörte plötzlich einen Laut, wie wenn aus vielen Tempeln viele Gongs dröhnen. Er fragte das Mädchen neben sich auf dem Altane: »Welches Fest ist heute, weil alle Tempel rufen?«

»Es ist kein Fest«, sagte das Mädchen und war rot und leuchtete wie eine Fackel, obwohl kein Licht auf dem Altan brannte.

Und Kiri grübelte wieder. Aber die Tempelgongs schwiegen nicht, und auch die Erde unter ihm dröhnte wie ein Tempelgong und schien Kiri zu wecken und zu rufen.

»Es ist kein Fest, es ist ein Krieg«, sagte Kiri plötzlich. »Was ist das für ein Krieg um die Tempel und auf der Erde?« fragte er von neuem das Mädchen.

Dieses wurde blaß und leuchtete weiß wie ein Metallspiegel und sagte: »Es ist kein Krieg, Kiri. Kein Krieg um die Tempel und kein Krieg auf der Erde.« Dabei bog sie sich über ihn, legte ihre Wange an Kiris Ohr und ihre Hand auf sein Herz.

Da wurde es still draußen um die Tempel, und auch die Erde schwieg. Die Sterne über dem Garten verschwanden, und Kiri hörte, wie ein leiser Regen begann. Es regnete ein Nachtregen. Und er sah mit offenen Augen, daß das Mädchen neben ihm aufstand, Diener hereinwinkte, ihn in eine Sänfte legen ließ und sich selbst zu ihm hinein in die Sänfte kauerte. Und der Regen regnete leise auf das Dach der Sänfte, wie das Getrippel einer tanzenden Frau. Dann standen die Diener, nach Stunden, schien es ihm, still. Man hob Kiri aus der Sänfte heraus. Er ließ alles geschehen und sah nur mit offenen Augen zu, daß man ihn in ein Boot legte. Es war ein vornehmes, großes Boot, ein Samuraiboot. Ein Goldlackhaus stand inmitten des Bootes. Eine große rote Laterne brannte am Kiel, und die Diener legten ihn auf die Diele des Goldlackhauses. Und Kiri hörte wieder den Regen auf das Dach trippeln wie die Füße von hundert Tänzerinnen. Neben ihm saß das junge Mädchen, dessen Arme ließen seinen Nacken nicht los. Nur durch die offene Tür des Bootshauses sah Kiri an der roten Laterne, die ausgelöscht wurde und wieder angezündet, daß es Tag und Nacht wurde. Aber wie viele Tage und Nächte vergingen, das wußte er nicht. Immer regnete der Regen, dieser seltsame Regen, der auch regnete, wenn die Sterne an der Tür des Goldlackhauses standen, und der nur dann aufhörte, wenn das Mädchen neben ihm für einen Augenblick die Wange an seine Wange legte, die Lippen an seine Lippen und die Zungenspitze an seine Zungenspitze.

Allmählich aber wurde Kiri den Regen gewohnt, und eines Tages übte er keinen Bann mehr auf seine Glieder. Aber er sah an dem erschrockenen Gesicht des jungen Mädchens: es gefiel ihr nicht, daß er den Regen vergessen, daß er sich aufrichten und sich umsehen konnte.

Da fragte Kiri sie: »Wo sind wir?«

»In Japan, Samurai«, sagte das Mädchen ausweichend.

Achtmal wurde die Laterne draußen ausgelöscht und achtmal wieder angezündet und Kiri hatte wieder zählen gelernt. Am neunten Tag fragte er abermals das Mädchen:

»Wo sind wir in Japan?«

»Auf dem Biwasee, Samurai«, sagte das Mädchen.

»Sind viele Menschen auf dem See?« fragte Kiri.

»Samurai, nur ich und du und die Ruderer und ein paar Diener deines Hauses.«
»Aber ich höre viele Menschen auf dem See.«
»O Herr, es sind nicht Menschen, die du hörst. Das sind die vielen Füße des Regens.«
Kiri schwieg noch einmal eine Nacht lang. Aber als die rote Laterne am Morgen ausgelöscht wurde und der letzte Stern aus der offenen Tür ging, richtete er sich auf und fragte:
»Wo sind wir auf dem Biwasee?«
»Wir sind auf der Höhe von Karasaki, Herr«, antwortete das Mädchen. Aber ihre Stimme war vor Schreck nicht mehr ihre Stimme, und das Rascheln der Seide ihrer Ärmel war lauter als ihre Sprache. Kiri mußte noch einmal fragen, um sie zu verstehen, und er richtete sich auf und befahl mit seinen Augen dem Mädchen, zu bleiben und ihn nicht mehr anzurühren. Aber er hatte ihr nicht befohlen zu schweigen.
»Bleib doch bei mir, Samurai«, sagte sie lauter und flehend. »Sieh, es wird bald wieder Nacht draußen!« Und sie hob ihre weißen Händchen aus den Ärmeln und langte nach den Zipfeln von Kiris Ärmeln und hielt sie mit ihren kleinen Händen fester als ein Dornbusch.
Da lachte Kiri über die Kraft der kleinen Finger, blieb aufrecht sitzen und hörte für eine Weile wieder den Regen.
Das Mädchen schmeichelte ihm und legte die Wange an seine Wange und sagte: »Was willst du draußen, Samurai, wo es immer regnet?« Und ihre Hände und ihre Stimme brachten es noch ein mal fertig, daß Kiri nicht aufstand und bei dem Mädchen sitzen blieb und sich schmeicheln ließ und sie liebkoste.
Aber in derselben Nacht noch, gegen Mitternacht, als die rote Laterne vom Kiel die Diele des Goldlackhauses rot beleuchtete, sah Kiri eine zweite Laterne, eine gelbe, neben dem Kiel aufsteigen, und er erkannte, daß es der gelbe Vollmond war.
»Wie kann es regnen«, sagte Kiri zu dem Mädchen, »wenn der Vollmond draußen neben der roten Laterne scheint?«

»Es regnet immer nachts über Karasaki«, sagte das Mädchen und war zweifach von der Laterne und dem Mond beschienen.
»Du hast zwei Farben im Gesicht, als ob du lögest. Ich höre keinen Regen mehr.«
»Oh, hörst du nicht mehr den Nachtregen über Karasaki?« sagte das Mädchen, öffnete den großen Fächer und hielt ihn gegen den Mond und gegen die Laterne, so daß ihr Gesicht dunkel war.
»Ich höre keinen Regen mehr. Laß uns aufstehen, ich will den See und die Ufer im Vollmond sehen.«
»O höre doch den Regen!« flehte das Mädchen. »Bleib!« Und sie hob wieder ihre kleinen Hände, um ihn zu halten.
Da befahl Kiri ihr, die Hände in die Ärmel zu verstecken, und sagte: »Schweig!«
Zum erstenmal seit vielen, vielen Tagen und Nächten stand Kiri auf und fühlte wieder, daß er Füße, Knie, Schultern, Ellenbogen und eine atmende Brust hatte. Und aus dem schwülen Räucherwerk, das in dem Lackhaus brannte, trat er durch die offene Tür hinaus in das Boot, das sich bei Kiris aufstampfendem Gang tiefer ins Wasser drückte.
»Ich will nach Karasaki fahren!« rief er den Ruderern zu. Und als er sich gegen das Goldlackhaus umwandte, sah er oben auf der kleinen Altane des Daches sechs Frauen sitzen. Drei hatten kleine Holztrommeln, und drei hatten Mandolinen im Arm. Ihre Finger bewegten sich im Mondschein. Sie schienen zu musizieren. Aber seltsamerweise hörte Kiri keinen Ton mehr, weder von den Trommeln noch von den Mandolinen.
Kiri beachtete die Musikantinnen nicht lange, denn das Boot schoß jetzt auf Karasaki zu. Und ganz Karasaki schien ihn zu erwarten.
Auf vielen Masten am Ufer waren Laternen aufgezogen, und lange Ketten von farbigen Papierlaternen schillerten in der Luft und glitzerten im Wasser. Je näher sie kamen, desto festlicher hob sich das erleuchtete Karasaki aus der Nacht.
Kiri staunte eine Weile. Dann winkte er dem Mädchen, das drinnen

noch immer auf der Diele des Bootshauses hockte und sich nicht rührte.

»Komm und sieh, wie Karasaki uns empfängt!« Ganz schwach hörte Kiri des Mädchens Stimme zurück: »O komm wieder herein, Geliebter! Komm herein zu mir! Das ist der Nachtregen von Karasaki, der draußen im Mondschein glänzt. Es sind die Ketten der Regentropfen, die im Vollmond glitzern. Hörst und siehst du nicht den Nachtregen?«

Da stampfte Kiri ungeduldig, daß das Boot sich unter seinen Füßen noch tiefer ins Wasser senkte, und rief:

»Stehe ich nicht auf meinen zwei Füßen? Sehe ich nicht mit meinen zwei Augen? Fühle ich nicht mit meinen zwei Händen, daß die Luft trocken ist?«

Da kam das Mädchen aus dem Bootshaus und rief rasch zu den Musikantinnen auf das Dach hinauf:

»Spielt lauter! Bei allen Göttinnen bitte ich euch: spielt lauter!«

»Spielen die dort oben, oder spielen sie nicht?« fragte plötzlich Kiri.

»Zwei von ihnen spielten immer, Herr. Jetzt spielen aber alle sechs. Hörst du nicht, Geliebter? Höre doch! Komm in das Haus, Du hörst vor dem Ruderrauschen hier draußen nichts. Komm in das Haus!«

»Nein, ich höre nichts. Aber welches Lied spielen sie?« »O Herr, sie spielen das Regenlied. Verzeiht! Sie spielen das Lied schon seit Wochen, um dich einzuschläfern, Herr. Ich habe gelogen, Herr.« Das Mädchen warf sich vor Kiri nieder. »O Geliebter, ich habe dich nicht von mir lassen wollen. Das ganze Land war voll Krieg. Die Samurais aus dem ganzen Land zogen in den Krieg. Seit Wochen tobt der Krieg. Als die Tempel den Krieg verkündeten, habe ich dein Schwert verstecken lassen und habe dich einschläfern lassen mit dem Regenlied und habe dich im Arm gehalten und habe dich in eine Sänfte bringen lassen. Und die Musikantinnen, die das Regenlied spielten, haben dich begleitet bis an den Biwasee, und ich habe ihnen befohlen, sich auf das Dach zu setzen, und zwei von ihnen mußten immer spielen, Tag und Nacht. Und ich habe dich nicht von meiner Seite lassen können Tag und Nacht, vor Furcht, daß dich der Krieg töte, wenn du an Land gingest, und vor Furcht, daß der Tod dann mein Geliebter würde. Jetzt aber sehe ich, daß Friede am Land ist. Deshalb glänzt Karasaki festlich beleuchtet in der Nacht. Und ich bin froh, daß Friede wurde, denn dein Ohr wollte nicht mehr auf die Musik des Regenliedes hören, und ich fühlte seit Tagen, daß ich dich nicht mehr aufhalten könnte, wenn du die Musik nicht mehr hörtest und an den Regen nicht mehr glaubtest.

Sieh, Geliebter, jetzt kann ich dich nicht mehr verlieren. Jetzt können wir in unser Haus zurückkehren. Ich habe dein Leben gerettet. Denn die Toten können sich nicht küssen, nur die Lebenden.

Was hast du, Geliebter? Blendet dich das Mondlicht? Oh, bei den Göttern, ich hatte doch kein Gift auf meinen Lippen, als ich dich küßte! Warum wirfst du dich auf deine Knie? Warum schüttelst du die Fäuste in die Luft? Warum wird dein Haar lebendig und sträubt sich wie bei einer Katze?

O Götter! Deine Augen quellen dir aus dem Kopf! Samurai, bist du vergiftet? Suchen deine Hände dein Schwert an den Hüften? Ich will dir's bringen. Verzeih, wenn ich dein Eigentum versteckte. Dein Schwert ist hier im Lackhaus, im Wandschrank.«

Während das junge Mädchen noch flehte, hatte sich der Mond bedeckt. Aber Kiris Gesicht leuchtete, als wäre es aus Phosphor. Seine Armmuskeln wölbten sich, seine Fäuste schlugen in die Luft, seine Brust keuchte: »Mein Schwert!«

Dann stürzte er an dem Mädchen vorüber in das Lackhaus und zerbrach die Wandschranktür, die sich nicht sofort öffnete. Aber kaum berührten seine Finger das Schwert, das dort in seidenem Futteral lag, da fiel der Mann weich wie Schaum zusammen und warf sich schluchzend und weinend auf die Diele und preßte sein Schwert an seine Brust, als wäre es seine wiedergefundene Geliebte.

Eine Weile noch tobte sein Stöhnen, sein Schluchzen. Dann hob er sein tränenüberströmtes Gesicht, setzte sich mit gekreuzten Beinen ruhig auf den Boden, löste den Seidengürtel seines Obergewandes, zog das kurze Schwert aus der dicken, geschnitzten Elfenbeinschei-

de, strich mit der äußerst feinen Schneide des Schwertes über den Haarbüschel an seiner nackten Brust, schnitt ihn glatt ab und lächelte eine Sekunde zufrieden über die gute, treue Schärfe des Stahls. Dann sagte er ruhig, beherrscht zu dem Mädchen, mit einem Tonfall und einer Stimme, als wäre nichts geschehen:
»Mach dich bereit! Wir müssen jetzt sterben!«
Das Mädchen, das ihm in das Haus gefolgt war, kauerte neben ihm, willenlos und bleich wie eine hingewehte weiße Feder. Sie antwortete ihm nur mit dem einen Wort: »Geliebter!«
Aber diese Antwort brachte wieder den alten Sturm in Kiri herauf. Alle Muskeln an seinem Leib zuckten, als würden sie von Zangen zerrissen. Darf je ein Samurai sein Schwert verlassen? Hatten nicht die Gongs der Tempel und selbst der große Kriegsgong, der tief in der Erde begraben ist, Kiri und sein Schwert vor Wochen gerufen? Die Erde hätte ihn mit ihrem Feuer verschlungen, wenn er nicht in den Krieg gegangen wäre; denn jeder Samurai ist der Sohn der Erde und der Sohn des Feuers. Beide Gewalten haben ihn geboren. Nur das Wasser hat nichts mit seiner Geburt zu schaffen. Dem Wasser ist er fremd, und es erkennt den Samurai nicht an, nicht den Krieger, denn das Wasser ist sanft und ausweichend. Und das Wasser ist der Tod des kriegerischen Feuers.
Nur auf dem Wasser konnte ein japanischer Samurai einen Krieg versäumen. Nur eingelullt vom Regen und fern von allen Ufern konnten die Ohren eines Samurai den Kriegsgesang der japanischen Erde nicht mehr hören.
Aber hat ein Krieger einen Kampf ausweichend versäumt, so ist seine adelige Seele erniedrigt, seine Unsterblichkeit, die ihm als Held angeboren ist, wird ihm dann für immer genommen, und sein nächstes Leben ist das eines gemeinen Mannes aus dem Volke.
Doch das Schicksal gewährt dem Entehrten noch eine Gunst, wenn es der Zufall geben will und sein Mut, daß er im nächsten Leben als gemeiner Mann einen Heldentod stirbt, – dann erlangt seine Seele wieder die alte Unsterblichkeit und den alten Adel seiner Vergangenheit zurück. Bis dahin aber muß er niedrig denken, niedrig

handeln und ist nicht zu unterscheiden von den Niedersten des Volkes.

Kiri sprach: »Weib, deine Liebe zu mir wurde der Tod meines Adels und aller meiner vergangenen adligen Leben. Aber du hast aus Liebe gehandelt, und Liebe ist vor den Göttern unstrafbar. Darum hoffe ich, daß mich die Götter begünstigen und dich und mich im nächsten Leben aus der Erniedrigung wieder zum alten Adel erheben.

Ich hasse dich nicht. Ich muß dich lieben trotz des Todes, den du uns antust.

Ich will zwei Fragen an das Schicksal stellen, ehe wir beide sterben: ›Ihr Götter, könnt ihr durch einen Zufall drüben in Karasaki alle Lampen des Friedensfestes auslöschen, dann will ich euch glauben, daß ihr mir im nächsten Leben eine Gelegenheit gebt, durch Krieg ein Held zu werden. Obwohl ich heute noch nicht verstehen kann, wie ihr dazu helfen wollt, da ich als niedriger Mann wiedergeboren werde und dann nicht zum Kriegerstand gehöre und kein Schwert besitzen darf. Aber ihr Götter, euch ist nichts unmöglich. Gebt mir das Zeichen!‹« –

Die rote Laterne draußen am Kiel hob und senkte sich jetzt auf den Strandwellen von Karasaki. Bei jeder Senkung tauchten die Lichterketten des festlichen Ufers wie feurige Girlanden über die rote Laterne des Kiels und senkten sich wieder und verschwanden hinter dem Bootsrand.

Nach einer Weile tauchten die Lichter von Karasaki plötzlich nicht mehr auf.

Kiri wartete und wartete und sagte mit gedämpfter und bewundernder Stimme zu dem Mädchen:

»Geh und frage die Bootsleute, warum sie die Richtung geändert haben und nicht mehr auf Karasaki zu fahren, wie ich befohlen habe. Denn du siehst: die hellen Ufer sind verschwunden, und der Kiel fährt in die Dunkelheit.«

Das Mädchen wollte gehorchen und zu den Bootsleuten gehen und fragen. Aber sie blieb unter der Tür stehen und sagte:

»Herr, ich sehe: es regnet. Der Regen hat die Festlichter von Karasaki ausgelöscht.«
Da fragte Kiri lachend:
»Ist es ein lauter Regen?«
Das Mädchen beteuerte:
»O Samurai, es regnet wirklich dieses Mal. Es regnet laut.«
»Das ist der Regen der Götter. Aber ich höre ihn nicht«, sagte Kiri feierlich und hielt den Atem an.
Das Mädchen setzte sich wieder zu Kiri, und beide lauschten. Von Zeit zu Zeit fragte der Mann das Mädchen:
»Wird der Regen lauter? Ich höre ihn nicht.«
Dann hüllte das Weib sein Gesicht in die seidenen Ärmel und schluchzte.
Kiri fragte: »Fürchtest du dich vor dem Tod?«
»O Herr, mit dir zu sterben, ist kein Tod. Aber ich fürchte mich vor der Ungewißheit, ob die Götter mich im nächsten Leben mit dir leben lassen. Wenn du wenigstens den Nachtregen über Karasaki wieder hören würdest, dann würde ich das als Zeichen nehmen, daß die Götter mir verzeihen und mich im nächsten Leben wieder mit dir leben lassen.«
Und das Mädchen legte seine Wange an Kiris Wange. Da war es dem Samurai, als ob ihm die Ohren auftauten, und er sagte:
»Ich höre den Nachtregen über Karasaki. Und ich höre, daß wir uns wieder sehen und lieben werden.«
»O, Dank allen Göttern, und Dank auch dir, daß du mir verziehen hast, Samurai. O, könnte ich dir im nächsten Leben den Weg zum Krieg zeigen und dir dein Schwert wieder schenken.«
»Auch dieses werden die Götter erfüllen«, antwortete Kiri, »denn wenn sie zwei Lebenden zwei Wünsche erfüllt haben, so legen sie die Erfüllung des dritten Wunsches als Göttergabe dazu.« –
Die beiden umarmten sich nicht mehr. Und der Samurai nahm sein Schwert, stellte es senkrecht gegen seinen eigenen Leib, drückte es an seine Eingeweide und zog den Harakirischnitt waagrecht durch seine Gedärme ...

Das Mädchen war leise aufgestanden und hatte sich hinter den Mann gestellt; als er umsank, fiel sein Kopf an ihre Knie und glitt sanft auf den Boden. Sie nahm das vom Blut verdunkelte Schwert dem Toten aus der Hand, stemmte es an ihr Herz und stürzte sich in die Schwertspitze.

Draußen tönte der Nachtregen auf das Dach des Bootsgemaches, und der Kahn fuhr schurrend auf den Kiesstrand von Karasaki. Und die rote Kiellaterne stand still, wie angemauert, im Regen.

Dieses alles erlebte Kiri, der junge Fischer, jetzt, als er das Mädchen, das ihn auf dem See anredete, gefragt hatte: »Wer bist du?«
»Kennst du mich nun?« fragte die Stimme wieder aus dem Dunkel.
»Ich kenne dich wieder. Aber zeige dich nicht. Gib mir mein Schwert! Gib mir den Krieg! Ich bin ein armer Fischer jetzt.«
»Wirf dein Netz aus!« sagte des Mädchens Stimme.
»Es sind keine Fische heute Nacht im See, und ich will nicht länger ein Fischer sein, seit ich weiß, daß ich einst ein Samurai war.«
»Wirf dein Netz aus!« sagte die Stimme wieder.
»Ich kann im Dunkeln nichts sehen«, sagte der junge Fischer, »und ich habe keinen Feuerstein da, meine Fackel anzuzünden. Wie soll ich im Dunkeln wissen, wohin ich mein Netz werfe!«
»Wirf dein Netz aus und vertraue mir!« sagte noch einmal die Stimme.
Unwillig griff der junge Bursche nach dem Netz. Aber er warf es nicht mit gewohntem Griff über den Bootsrand, sondern er schleuderte es in die Luft und sagte zu dem Netz:
»Geh zu den Göttern! Ich will kein Fischer mehr sein, seit ich weiß, daß ich ein Samurai war.«
Plötzlich begannen alle Netzmaschen wie ein Sternschnuppenfall in der Luft zu leuchten. Das fortgeschleuderte Netz wurde zu vielen elektrischen Blitzen und fiel wie ein blaues Maschengewebe aus elektrischem Feuer in den See.
»Gut, du bist ein gutes Netz und hast gehorcht«, sagte Kiri stolz in

die Luft. »Du hast Feuer gefangen, so wie ich Feuer gefangen habe, seit ich weiß, wer ich bin.«
»Greife ins Wasser und ziehe dein Netz wieder über den Bootsrand! Dann will ich dir zeigen, was deine Arbeit sein wird, Samurai.«
Kiri griff aufs Geratewohl ins Wasser und zog einen blauglühenden Strick aus der Tiefe. Aber er fühlte, daß er keine Kraft besaß, den Strick nur um das kleinste höher zu ziehen. Es war, als lägen steinerne Berge in seinem Netz: der Strick rückte nicht von der Stelle.
»Deine Kraft wird über dich kommen zu deiner Stunde«, sagte das Mädchen.
Aber Kiri war unwillig und schüttelte den Strick, verzweifelt über seine Ohnmacht.
»Binde den Strick am Bug des Schiffes fest und nimm deine Ruder und rudere!« befahl ihm die Stimme, und der junge Fischer tat so.
Und wie er ruderte, schien es ihm, als würde der See in der Tiefe hell.
»Sieh jetzt um, über deine Schulter in dein Netz; und alles, was darin ist, wird deine Samuraiarbeit sein.«
Kiri sah hinter sich den ganzen weiten See von den Maschen eines riesigen, feurigen Netzes leuchten. Drinnen in dem Netz lagen die zerstückelten Leichen von abendländischen Offizieren, Arme, Beine, Köpfe, Kanonenrohre, Bajonette; blutig, zerschossen, zerfetzt und zertrümmert. Es war, als schleife das feurige Netz den ganzen See wie ein zuckendes Schlachtfeld hinter sich her.
Es schauderte Kiri. Entsetzt ließ er die Ruder ins Wasser fallen. Das niedrige Gemüt des Fischersohnes überwältigte ihn. Er griff nach einem Fischbottich, der auf dem Grund des Bootes stand, und stülpte ihn über seinen Kopf, um nichts mehr zu sehen. Er klapperte mit den Zähnen, daß der Bottich dröhnte, und getraute sich mit seinem Kopf nicht mehr aus seinem Versteck heraus. Er wollte nichts mehr sehen, nichts mehr hören, bis ein paar Fäuste von außen an den Bottich trommelten und ihn die Stimme seines Vaters anrief:
»Kiri, bei allen Göttern, was treibst du, Junge? Wo hast du dein Netz gelassen? Wo sind deine Ruder?«
Kiri zog vorsichtig seinen Kopf aus dem Versteck. Er sah im Mor-

gendampf den Vater im Strohmantel vor sich in einem anderen Boot, und viele Boote waren um ihn versammelt. Aber keiner der anderen Fischer lachte ihn aus. Es schien, als hätten sie alle dasselbe erlebt, denn alle waren bleich, und alle waren ernst. Alle Boote drängten nach den Ufern; Boote, die sonst wochenlang draußen zu liegen pflegten, alle kamen in Scharen herbeigeströmt, und die Frauen der Fischer trippelten am Ufer, jede mit einem Kind auf dem Rücken bepackt und jede umgeben von einem Kinderkreis. Aber der Uferlinie entlang standen im Morgennebel die rauchenden Scheiterhaufen von großen Signalfeuern, die man angezündet hatte, um die Fischer von draußen ans Land zu rufen.
Und nun sah Kiri, wenn der Morgenwind die Rauchwolken zur Seite rückte, Gruppen von kleinen japanischen Offizieren und Soldaten in europäischen Uniformen. Bajonette blitzten im Morgennebel, und hie und da leuchteten rot und golden im Morgengrauen die Borten und Uniformaufschläge an den Soldaten.
»Kiri, du mußt in den Krieg«, sagte der Vater. »Heute hat Japan den Krieg mit Rußland angefangen, drüben über dem Chinesischen Meer in der Mandschurei.«
»Ich bin kein Samurai! Ich will nicht in den Krieg«, sagte Kiri. »Ich habe schreckliche Träume heute nacht gehabt. Ich habe Netz und Ruder dabei verloren. Ich will nicht in den Krieg und auch noch den Kopf verlieren.«
»Du wirst nicht gefragt, ob du willst. Du mußt in den Krieg! Heutzutage sind alle Männer, die einen rechten Arm und einen linken Arm, ein rechtes Bein und ein linkes, gesundes Bein am gesunden Leib haben, Samurai. Du bist glücklicher als ich, mein Sohn. Zu meiner Zeit war das nicht so, und wir armen Fischer bekamen kein Schwert vom Kaiser von Japan zugeschickt. Drüben am Ufer stehen die Soldaten, die dir vom Kaiser einen neuen Anzug und kaiserliche Waffen bringen. Geh in den Krieg, mein Sohn! Dort bekommst du auch das Brot des Kaisers zu essen. Das ist ein Brot, das jeden Japaner mutig und unsterblich macht.«
Aber jetzt kam Kiris Mutter an das landende Boot gelaufen. Sie

schüttelte ihre Hände in die Luft und wehrte Kiri, er solle nicht landen, und rief:
»Kiri, flieh, fliehe! Die Soldaten wollen dich uns holen! Schwimm in den See hinaus! Der Biwasee wird dich verstecken! Eine alte Frau hat mir prophezeit, daß du unsterblich bist vom Tage an, wo du den See betrittst, aber daß du sterben wirst, wenn ein Krieg ausbricht und du ans Land kommst.«
»Mach deinen Sohn nicht feig, ›Wolke vor dem Mond‹«, sagte der Vater zu Kiris Mutter. Und er zog sein eigenes Boot mit beiden Händen ans Land, erwartend, daß sein Sohn ihm folgen würde.
Aber Kiri, bleich und grau vor kleinlicher Furcht, schlotterte vor Angst und Kälte in seiner dünnen, blauen Leinwandjacke. Er tat, als wollte er aussteigen, aber als sein Vater fortsah, griff er nach den Rudern in dem Boot seines Vaters, stemmte ein Ruder auf den Kies und stieß sein Boot zwischen den anderen Booten durch in den See hinaus und rief seinem Vater zu:
»Ich will mein Netz noch suchen, das draußen bei meinen Rudern schwimmt.«
In allen Kähnen, wo man die Unterhaltung des Alten mit dem Jungen gehört hatte, lachten die ernstesten Leute hell auf über Kiris feigen Rückzug.
»Er tritt den Krebsgang an«, lachten einige Fischerburschen, die am Ufer standen und Uniformen anprobierten.
»Er wird wiederkommen«, sagte der Vater dumpf.
»Er ist unser einziges Kind. Er braucht nicht in den Krieg«, jammerte die Mutter. »Wir sind keine Samurais, die sich für andere töten lassen. Wir sind arme Fischersleute. Er soll nur sein Netz holen! Kiri soll nur draußen auf dem See bleiben, bis die Soldaten fortgezogen sind. Der See kann ihn ernähren.«
Kiri kam nicht am Abend und nicht am nächsten Tag und auch in den nächsten Wochen nicht mehr nach Hause.
Nach Monaten fanden Leute aus Karasaki Kiris Boot im Uferschilf versteckt, und man sagte, er müsse wahrscheinlich im Schilf verborgen von Krebsen, Wildenteneiern und Fischen leben.

Aber als es dann Winter wurde, der See zufror, das Schilf abgemäht war und die weiße Schneekruste an allen Ufern lag, und Kiri kam immer noch nicht zu seinen Eltern heim, meinten einige, Kiri müsse ertrunken sein. Doch sein Vater behauptete unerschütterlich: »Kiri ist in den Krieg gezogen.«
Nur die Mutter wünschte, daß er noch auf dem See sei, wenn auch das Wasser zugefroren war. Denn draußen auf dem See war Kiri unsterblich, wenn er auch nichts aß, nichts trank. Er konnte nicht erfrieren, er konnte auf der Eisfläche irgendwo liegen und schlafen, und im Frühling, wenn der Krieg aus war, konnte er heimschwimmen. Alles dies konnte möglich sein, dachte die alte Frau, da die Prophezeiung Kiri für unsterblich erklärt hatte, solang er auf dem See bleiben würde.
Aber der Frühling kam, und der Krieg dauerte, und Port Arthur hatte sich noch nicht ergeben. Und das Schilf wuchs und der See rauschte. Zwar waren alle Männer im Krieg und keine Fischerboote auf dem Wasser. Aber solange Kiri nicht vom See heimkehrte, war er für seine Mutter unsterblich.
Endlich war der Krieg zu Ende. Viele Fischer kehrten heim. Fast zwei Jahre dauerte der Heimzug, bis die letzten angekommen waren. Dann baute man in den kleinsten Dörfern aus Kiefernzweigen Triumphbogen. »Es sind noch ein paar Regimenter in der Mandschurei«, sagte Kiris Vater zu den Fischern; »Kiri kann noch immer heimkehren.«
Aber die Leute verlachten den Alten wegen seines feigen Sohnes. Und auch die Mutter sah nicht mehr auf den See hinaus, weil der Sohn nicht heimkehrte und sie nicht mehr an seine Unsterblichkeit glaubte.
Eines Tages hat sie ihren Zweifel laut ausgesprochen und zu ihrem Mann gesagt: »Unser Sohn ist tot. Wir haben keinen Sohn mehr. Ich will heute nacht eine kleine Kerze zu seinem Gedächtnis vor dem Gott des Biwasees in einer Zimmerecke anzünden.«
»Tu das!« sagte der Vater. »Ich will vor dem bronzenen Kriegsgott in Karasaki eine Räucherstange für die Nacht anzünden lassen. Die

Götter werden uns vielleicht antworten und uns sagen, ob unser Sohn im Himmel bei den Helden oder im See bei den Krebsen ist.«
Die beiden Alten taten, was sie sich vorgenommen hatten. Und der Vater kniete in dieser Nacht, das Gesicht auf der Erde, vor der bronzenen Statue des Kriegsgottes von Karasaki. Die Mutter kniete zu Hause in der Zimmerecke vor dem vergoldeten Gott des Biwasees. Als es Mitternacht war, begann ein feiner Regen über Karasaki zu fallen. Der Vater im Tempel konnte nicht beten. Er mußte immer dem Regen zuhören, der auf die Ziegelhäuser der Tempeldächer pochte. Der Mutter zu Hause ging es ebenso. Sie lauschte dem Regen, der auf die Altanen draußen fiel und an die ölgetränkten Papierscheiben trommelte. Und sie mußte bei dem unruhigen Regen die Schritte von zwei Fremden überhört haben, denn ein vornehm gekleideter Samurai in schwarzer Zeremonientracht, eine vornehm gekleidete schwarze Samuraifrau in Schleppgewändern, die schoben gegen Mitternacht die Türen zum Gemach der Alten auf und fragten sie, ob sie sich einen Augenblick bei ihr ausruhen dürften. Sie seien auf dem Weg nach Tokio, wo übermorgen das große Siegesfest sei, mit dem der Kaiser und die Minister das Gedächtnis der großen Helden von Port Arthur feiern würden.
»Mutter, laßt Euch im Beten nicht stören«, sagte der junge Samurai. »Wir sitzen nur einen Augenblick hier hinter Eurem Rücken und horchen auf den Nachtregen von Karasaki.«
Es regnete. Und Gebet und Regen schläferten die alte Frau ein. Ihr Mann, der morgens vom Tempel heimkam, weckte sie, und sie hatte den Samuraibesuch ganz vergessen. Das Zimmer war längst leer, und die beiden Nachtwanderer waren verschwunden.
»Liebe ›Wolke vor dem Mond‹«, sagte der alte Fischer, »zieh deine besten Kleider an! Nimm die Wandersandalen vom Nagel! Wir müssen eine Reise machen. Der Kriegsgott hat es mir heute Nacht befohlen.«
»Wie kann ich auf meine alten Tage noch reisen?« sagte die Frau. »Wenn ich wüßte, wo mein Sohn wäre, ja, dann würde ich hinreisen.«

»Unser Sohn ist in Tokio«, sagte der Alte. »Als ich heute nacht im Tempel betete, kamen zwei Fremde herein und knieten an meiner Seite nieder. Es waren ein junger Samurai und seine Frau. Da konnte ich nicht mehr beten und ging auf die überdachte Tempelaltane und horchte auf den Nachtregen, der über Karasaki fiel. Und, denke dir, wie ich dort sitze, kommt derselbe Samurai, den ich eben noch drinnen neben mir knien sah, heraus. Aber er war nicht mehr im schwarzen Zeremonienkleid. Er hatte Panzer, Schwert, Speer und Helm des Kriegsgottes auf, und er deutete mit dem Speer nach der Sternenrichtung von Tokio, und er sagte:
›Vater, du suchst deinen Sohn! Du wirst ihn in Tokio wiederfinden!‹
Für einen Augenblick war es mir, als wäre es Kiri selbst, der in der altmodischen Rüstung vor mir stand. Wie ich aber genau hinsehen wollte, war nichts als die Nachtluft um mich; und der große Hanfstrick, der über dem Tempeltore hängt und die Geister vertreibt, schaukelte im Windzug, indessen alle Tempeldächer im Regen wie Trommeln redeten.«

»Hier bei mir war auch ein Samurai mit seiner Frau«, sagte die ›Wolke vor dem Mond‹. »Ich habe ihn aber nicht als meinen Sohn erkannt. Er redete fremd und feierlich und vornehm, wie ich Kiri nie sonst reden hörte. Er blieb nicht lange hier mit seiner Frau. Er wollte nur etwas am Wege ausruhen und dem Nachtregen von Karasaki lauschen. Wahrscheinlich hatte er seine Tragsessel und die Träger vorausgeschickt, der Samurai. Denn ich hörte keinen Laut ums Haus, da sie kamen, und nicht, da sie gingen.
Aber wenn du sagst, daß dein Samurai im Tempel aussah wie unser Sohn, dann erinnere ich mich, daß auch mein Samurai hier Ähnlichkeit mit Kiri hatte. Aber wie hätte ich ihn erkennen können! Dieses Samuraigesicht war sehr zerschlagen von Kriegswunden, und die Narben entstellten die Gesichtszüge. Und die Narben waren so dicht über seinen Händen und über seinem Gesicht, wie die Maschen in einem Fischernetz. Da war kaum ein fingerbreites Stückchen Fleisch an seinem Gesicht, das nicht durch eine Narbe zertrennt gewesen wäre. Ich habe meinen Sohn nicht erkannt.«

»Du hast deinen Sohn niemals erkannt, ›Wolke vor dem Mond‹, aber du wirst ihn in Tokio gleich erkennen«, sagte der alte Fischer. Am nächsten Morgen reisten die beiden Alten nach Tokio. Erst mußten sie wandern, und dann konnten sie die Eisenbahn nach Tokio benützen. Sie kamen am Morgen dort an und nahmen sich nicht die Zeit, in ein Gasthaus zu gehen.

Die Stadt war überfüllt von Japanern aus allen Landesteilen. Aber als die beiden Leute vor den Menschenmassen in den Straßen standen, wurde ihnen sehr bang, und sie fragten sich im Herzen: Wie sollen wir Kiri hier finden? Eher findet man ein verloren gegangenes Ruder auf dem großen Biwasee als einen verloren gegangenen Menschen in dieser großen Stadt.

Wie sie noch beratschlagten, kam ein Rikschawagen auf sie zugefahren, und drinnen saß einer der angesehensten Männer aus Karasaki. Er war so hoch an Rang, daß er die armen Fischersleute auf den Straßen von Karasaki niemals angeredet hatte. Aber jetzt hielt er seine Rikscha an, winkte zehn Rikschas, welche ihm folgten und in welchen dem Range nach lauter angesehene Männer von Karasaki saßen, Männer die im Krieg gewesen waren, und Familienoberhäupter, die im Krieg Söhne verloren hatten.

»O Herr«, sagte der hohe Beamte und verbeugte sich aufs tiefste vor dem alten Fischer, »welch ein Glück, daß ihr schon hier seid! Haben euch die Kuriere des Kaisers geholt? Habt ihr die Telegramme erhalten, die man heute nacht aus Tokio an euch schickte? Habt ihr den Sonderzug erhalten, mit dem man euch heute hierherholen wollte?«

Und alle anderen Männer aus den zehn Rikschas standen mit tief gebeugten Rücken vor dem alten Fischerpaar und getrauten sich nicht mehr, sich aufzurichten, als verbeugten sie sich vor dem Kaiser selbst.

Und nun schienen die Menschen auf den Straßen von Tokio und die Gesichter auf den Straßen keinen Rücken und keine Rückseite mehr zu haben. Nur Wangen und Augen und Augen und Wangen strahlten den beiden Fischersleuten entgegen, ihnen, die die Eltern des großen Helden Kiri waren, von dem man sagte, daß er vor dem Tor von Port Arthur eines dreihunderttausendfachen Todes gestorben sei. Dreihunderttausend mal hatte er sich in den Kriegsjahren dem Tod ausgesetzt. Immer dort, wo die Gefechte am schlimmsten waren, sah man ihn auftauchen. Einmal schleppte er Arme voll Dynamit vor das eiserne Tor eines Forts. Um den japanischen Truppen den Eingang in das Fort zu verschaffen, lief er seinem Regiment voraus und warf am Eisentor das Dynamit sich selbst vor die Füße und stampfte darauf, so daß das massive Tor sich wie der Deckel einer Sardinenbüchse auftat; aber Kiri blieb mitten in der Dynamitexplosion unversehrt wie ein Ei auf Stroh.

In den Wolfsgräben, auf deren Grund die Russen Bajonette senkrecht eingerammt hatten, warf Kiri sich hunderte Male steif wie ein Balken quer über die Bajonette und ließ seine Kameraden über seinen Rücken laufen. Und er blieb steif gestreckt, und sein Leib widerstand den Spitzen der Bajonette, so hart machte der Mut seinen Körper, so hart, daß die Bajonette nicht einmal seine Augäpfel zerschnitten hatten, bis der letzte seines Regiments über ihn weggeschritten war. Dann stand er heil und unversehrt auf.

Zum letzten Male, als man von Kiri hörte, verdingte er sich verkleidet als russischer Lotse, gelangte an das russische Admiralsschiff und führte es in einem Morgennebel vor die Kanonen der im Nebel verborgenen japanischen Flotte. Mit diesem Schiff war Kiri untergegangen, und niemand hatte ihn seitdem wiedergesehen. Waffen, die er getragen, Uniformstücke, die seine Kameraden von ihm aufgehoben hatten, alles lag jetzt auf dem Ehrenplatz im Kriegsmuseum, dicht neben dem eroberten, zerschossenen Feldbett des russischen Generals Kuropatkin.

Nun hatte es sich von Mund zu Mund auf den Straßen von Tokio weitergesprochen, daß die Eltern des großen Kriegshelden Kiri, die Mutter, die ihn im Schoß getragen, der Vater, der ihn gezeugt hatte, auf das Paradefeld kämen. Dort stand ein mächtiger, stacheliger Triumphbogen, aufgebaut aus erbeuteten russischen Bajonetten. Weit über das morgensonnige Feld blendeten die langen Reihen von erbeuteten russischen Kanonen, aufgestapelten Stahlgranaten und eroberten Torpedogeschossen. Und über der Holzhalle des Kriegsmuseums wimmelte ein Wald von erbeuteten Fahnen, die den Himmel bunt belebten, ähnlich den bunten Scharen von Papierfischen, die am ersten April über den Dächern flattern.

Der Älteste der angesehenen Männer aus Karasaki sagte: »Alle diese Fahnen hat euer Kiri erbeutet! Für jede seiner Heldentaten hängt eine Fahne dort über dem Dach des Kriegsmuseums, in dem euer Sohn jetzt als ewiger Name wohnt, angebetet vom japanischen Volk wie ein Kriegsgott.« –

Geehrt von Kaiser und Reich, kehrten die Fischersleute nach den Friedensfeierlichkeiten wieder heim nach Karasaki. Und als man ihnen in der Stadt Karasaki eine neue Hütte bauen wollte und dem Vater einen neuen Kahn geben wollte, sträubten sich die beiden Alten und sagten: »Das Holz des Kahnes und die Bambuswände der Hütte und die Papierscheiben, die mit uns alt und grau geworden sind und die mit Kiri so oft den Nachtregen fallen hörten – alle diese Dinge sind wohltönend vom Alter und den Erinnerungen und wohltönend von dem Nachtregen, der melodisch auf sie gefallen ist; wir leben im Alten wohler als im Neuen, wir alten Leute.«

Den Regen von Karasaki hören, bedeutet am Biwasee heute noch, daß dich dann nie ein Mißlaut beirren wird; denn Kiris Heldenseele lauscht mit dir, und dieser Nachtregen singt von Liebe und Unsterblichkeit.

Die Abendglocke vom Mijderatempel hören

Der älteste Baum Japans steht am Biwasee, nicht weit von der Stadt Ozu, nicht weit von den Tempelterrassen des Mijderatempels, der auf grünem Hügel über einem Kryptomerienwald liegt.
Als dieser vieltausend Jahre alte Baum nicht höher als ein Grashalm war, leuchtete der harfenförmige Biwasee dicht bei dem Baumschößling ebenso wie heute noch unverändert bei der alten, zerklüfteten Baumruine.
Dieser älteste Baum Japans stützt sich jetzt wie ein gealterter Gott, der Hunderte von Armen vom Himmel über die Erde ausbreitet, auf Hunderte von Stangen, die gleich Hunderten von Krücken und Stelzen sein morsches Dasein tragen.
Damals, als der Baum jung wie ein Halm war, war aber der Mijderatempel noch nicht gebaut und niemand hörte noch den wunderbaren Klang der Mijderaglocke, die abends beruhigend wie eine singende Frau ihre Stimme von den Tempelterrassen an dem alten Uferbaum vorüber zur Harfe des Biwasees schickt.
Dieser Baum wurde in ferner Vorzeit aus China nach Japan herübergebracht, als winziges Würzlein zuerst; und in Japan erfuhr man erst sehr spät seine chinesische Geschichte.
Als der Baum so groß wie ein Menschenkind wurde, hatte er noch nicht mal einen Japaner gesehen. Und als die ersten japanischen Menschen zu ihm kamen, war er schon in den kräftigsten Mannesjahren und fast so hoch wie die Kryptomerienbäume des nahen Bergwaldes.
So ein Baum, der nie von der Stelle rückt und dessen Umgebung gleichfalls nie fortreist und der nur die Bewegungen der Jahreszeiten kennt, hat ein vorzügliches Gedächtnis. Dieses drückt sich aber nicht darin aus, daß sich sein Mark Gedanken macht über das, was gewesen ist oder was kommen wird, sondern das Gedächtnis eines Baumes liegt immer offen an seiner Außenseite. Die Furchen und

Rinden haben sich jeden Tag mit Linien, Eingrabungen, Knorpeln, Schürfungen die kleinsten Erlebnisse wie mit einer stenographischen Schrift in Zeichenschrift notiert. Wie der Baum sich dehnte, wenn ihm in der Welt wohl war und sich verborkte und sich verpanzerte, wenn ihn die Welt bedrohte, vergrübelte sich seine Rinde und faltete sich zu einer Zeichenschrift.

Die Schriftgelehrten der Bäume sind die Ameisen, die Libellen, die Bienen, die Vögel. Die Borkenkäfer und Borkenwürmer sind untergeordnetere Schriftsetzer, die an der Schicksalssprache des Baumes, an der Rindenschrift mitarbeiten.

Diese Sprache der Bäume entdeckte eines Tages, als die Japaner noch vorzeitliche Bastkleider, Blättergewänder und verwildertes Kopfhaar trugen, nicht in Japan, sondern in China, ein weiser Einsiedler. Der hieß Ata-Mono.

Die Geschichte Ata-Monos liegt weit zurück; sie fällt vor die Entdeckung des alten Baumes am Biwasee.

Als Ata-Mono die ersten Schriftzeichen in einem chinesischen Weidenbaum entdeckte, las er auch in der Baumrinde das Mittel, seinen Leib unsterblich zu erhalten. In dem Bast jenes Weidenbaumes in China stand geschrieben, daß jeder Mensch, ob groß oder niedrig, ob klug oder beschränkt, ob schwach oder stark, alt oder jung, sich die Unsterblichkeit des Lebensfadens und auch des Leibes erhalten könne, wenn er einmal im Leben beim Laut einer bestimmten Harfe einschlafe. Diese Harfe, sagte der chinesische Weidenbaum, sei nicht in China, aber nicht weit über dem Meer in einem kleinen Inselland, das damals in China noch keinen Namen hatte und nur von einigen ›das Land des ewigen Feuers‹ genannt wurde, weil der Feuerkrater Fushiyama dort immer rauchte.

Ata-Mono suchte den Weg dorthin und las von Baum zu Baum die Rindensprache, bis er ans Meer kam; aber niemand konnte ihn hinüberführen, denn nur Schiffe, die durch Zufall nach dem Inselland verschlagen wurden, alle hundert Jahre einmal, hatten Kunde von dem Feuerland gebracht, in dem Ata-Monos Harfe liegen sollte.

Ata-Mono saß jetzt jahraus, jahrein am Meer und schmachtete nach der Unsterblichkeit, kehrte seinem Vaterland den Rücken und sah mit seinem Angesicht Tag für Tag nach Osten, wo hinter den Wellenbergen das kleine Land des ewigen Feuers war, darin die fremde Harfe liegen sollte.

Eines Tages kam ein Oststurm. Ata-Mono zog sich etwas weiter vom Strand zurück. Da sah er in der Ferne über dem aufgerüttelten Meer ein vielarmiges Wesen. Das kam mit senkrechtem Leib und dunklen Krallen wie ein mächtiger belaubter Baum über das Meer geschossen.

Ata-Mono hielt die Erscheinung zuerst für ein Gespenst, dann für einen Drachen, und dann erkannte er, daß der vielarmige, riesige, aufgerichtete Körper wirklich ein Baum war, ein grüner, frischer Kryptomerienbaum mit feuerrotem Stamm; denn die Rinden der Kryptomerienbäume leuchten rot, wenn sie naß werden. Dieser Baum troff von Seewasser, schoß an den kiesigen Strand; und als wandere er leibhaftig auf seinen Wurzeln, eilte er, vom Wind getrieben, eine Viertelstunde tiefer in das Land hinein, bis er andere Bäume fand, in deren Nähe er windgeschützt stehen blieb und sich mit seinen Wurzeln, wie mit riesigen Adlerkrallen, feststellte.

Ata-Mono kannte keine Furdht; und als der wunderbare Baum wie eine rote Fackel über das Wellengewühl des Meeres aufrecht daherkam und seine finsteren Zweige wie schwarzen Rauch in die Luft streckte, da wich der sehnsüchtige Träumer nicht zurück, denn er war ja der erste Vertraute, den die Bäume sich unter den Menschen auserwählt und dem sie ihre Rindenschrift in einer guten Stunde zu erkennen gegeben hatten; und er kannte keine Furcht vor den Bäumen, auch nicht vor diesem seltsamen, übers Meer gewanderten Baumriesen.

Ata-Mono legte sich in dieser Nacht unter den neuangekommenen Baum, nachdem er Wurzeln und Rinde von Tang, Seeschlamm und Seemuscheln gereinigt hatte; und er schlief ein mit dem Bewußtsein, daß dieser Baum zu ihm allein nach China und sonst zu keinem anderen gesendet war. Und er freute sich, am nächsten Morgen aus der Rinde dieses Baumes Schicksale und Gedanken und

Wünsche dieser Kryptomerie zu lesen und vielleicht zu erfahren, wie er nach dem kleinen Land des ewigen Feuers zu jener Harfe gelangen könne.

Der Morgen kam, und Ata-Mono studierte bis zur untergehenden Sonne, ohne zu essen, ohne zu trinken, ohne aufzuschauen, die Gräben, Windungen und Furchen in der Rinde seines Baumkameraden. Aber es war ihm unmöglich, die Zeichen der Rinde zu entziffern, er verstand nichts von der Sprache dieses Baumes. Die Zeichensprache aller chinesischen Bäume konnte er lesen, an diesem Baum aber blieb sie für ihn unleserlich. Und Ata-Mono weinte, als die Sonne untergegangen war und er unter dem unbegreiflichen Baum saß, unwissend und einsam.

»Wenn ich dich nicht lesen kann, so sprich!« schrie er den Baum ungeduldig an, als die Sonne zum letzten mal aufleuchtete und den Stamm rot bestrich.

»Herrlicher, herrlicher Baum!« schrie Ata-Mono voll Entzücken, weil der Baum von der Wurzel bis zur Krone wie eine feurige Kohle leuchtete.

Der Baum schwieg. Die Sonne ging unter.

Ata-Mono schrie: »Ich schwöre, daß ich nichts mehr essen und nichts mehr trinken werde, bis du mich deine Rindenschrift lesen läßt oder bis du mir jemanden sendest, der mich deine Schrift lehrt.«

Und Ata-Mono lief zum Strand und stopfte sich den Mund mit Kieseln voll, weil er nicht mehr essen, nicht mehr reden, nicht mehr schreien und nicht mehr atmen wollte.

Halb erstickt lag er am Strand und haßte den neuen Baum und haßte China und haßte seine Sehnsucht nach der Unsterblichkeit.

»Ich will die Harfe vergessen«, dachte er und lag in den letzten Atemzügen. Dann wurde ihm wohler. Wie beruhigend ist es doch, wenn man einen wilden Wunsch aufgibt! Man steigt herab, wie von einem wilden Pferd, und hat wieder festen Boden unter den Füßen. Nach dieser beruhigenden Betrachtung richtete er sich gedankenlos auf, nahm die Steine gedankenlos aus dem Mund und schöpfte

frischen Atem. Dann sprang er auf seine beiden Beine, streckte die Arme aus und lachte wieder zum ersten Male seit vielen Jahren. Und seine Stirn, die immer gegrübelt hatte, wurde blank und jung wie die aufgehende Mondscheibe.
»Ach, Mond, lebst du noch? Ich habe dich lange nicht gesehen.« Und Ata-Mono bewunderte die kleinste Muschel im Mondschein, die Grübchen im Sand und die Wölklein, die mit dem Mond zogen, denn er hatte seit Jahren nur Bäume und Baumrinden gesehen und alles andere vergessen. Und nun ließ er auch sein Gehör wieder zu sich kommen. Er, der nur mit den Augen an den Baumrinden gelebt hatte, horchte, wie das Dünengras raschelte, wie die Dünenmäuse miteinander wisperten, wie die Füchse hinter den Baumwurzeln bellten, wie die Eulen sich zuriefen und wie die Fische im Mondschein plätscherten. Und nachdem er sein Gehör befriedigt hatte, sagten seine Zunge und sein Gaumen zu ihm, seine Zähne und sein Magen und sein gekühltes Blut: »Weißt du, es gibt ganz andere Dinge zu essen, als Baumsaft und Baumrinde, wovon du dich jahrelang ernährt hast. Hörst du nicht? In der Ferne gackern Truthühner im Schlaf. Und Schweine grunzen im Schlaf, weil ihnen der Mond auf den Rüssel scheint. Und Bauernhöfe sind in der Nähe, wo du Eier, Schweinespeck, gebackene Fische und Reis essen kannst. Und sehnst du dich nicht nach Wärme am ganzen Leib? Und hast du nicht dort, wo den anderen Menschen ein verliebtes Herz sitzt, einen bitterkalten Fleck in der Brust?«
Ata-Mono seufzte tief auf, weil alles ihm wahr schien, was seine Sinne zu ihm sagten. Er stand auf und erinnerte sich, daß die Menschen Kleider trugen. Und er flocht sich noch in der Nacht ein langes Hemd aus gedörrtem Tang, und er war eitel genug und flocht sich Ketten aus Muscheln daran und Ketten aus Muscheln ins Haar, weil er den Dirnen, denen er begegnen sollte, zu gefallen wünschte.
Ata-Mono ging dann, als es kaum Tag war, unter den letzten Sternen fort vom Meer, wieder mit dem Gesicht in das chinesische Land hinein.
Bei dem ersten Bauernhaus standen drei Weiber an einem Brunnen.

Die sagten freundlich: »Guten Morgen, Ata-Mono.« Und Ata-Mono dankte und war verwundert, daß man seinen Namen kannte, und er bat um etwas süßes Wasser.
Und während er noch wartete, bis der Eimer aus dem Brunnen stiege, ging eines der drei Weiber grüßend fort.
Der erste Becher süßen Wassers, den er seit Jahren trank, schien ihm so nahrhaft und so wohltuend, daß er glaubte, es würde ihn nie mehr dürsten. Und er sagte zu den Frauen:
»Ich werde euch später danken, wenn ich einmal reich werde.«
Die Frauen verneigten sich vor Ata-Mono wie vor einem adeligen Herrn und sagten: »Du bist der Reichste im Lande!« Und ihr Gruß und ihre Ehrerbietung machten, daß er sein Hetz sich wieder erwärmen fühlte, als schiene ihm die Sonne in den offenen Mund.
Ata-Mono ging, gesättigt durch den Wassertrunk, von dem Bauernhof fort, tiefer in das Land, bewunderte die Reisfelder und die Maulbeerbäume und kam zu einer Ortschaft. Die bestand nur aus zehn Häusern. Aber nahezu dreißig Frauen standen am Eingang des Ortes. Und alle dreißig verneigten sich vor Ata-Mono. Er erkannte unter den Frauen jene, welche die dritte gewesen an dem Brunnen, an dem er vorher getrunken hatte, und die fortgegangen war und hier seine Ankunft angesagt hatte. Er staunte darüber, daß das geschehen war, und er wußte nicht, warum die Leute so viel Wesens aus ihm, dem Unbekannten, machten.
Eine Frau wurde rot und trat vor und sagte: »Unsere Männer sind bei der Feldarbeit und wissen nicht, daß du kommst. Nur wir haben es eben erst durch eine Frau erfahren, daß du nach China zurückkehrst.«
Er konnte vor Staunen nicht antworten und kaum danken – so tief verfiel er in Betrachtungen und erriet nicht, warum alle die Frauen Zeit und Lust hatten, sich um ihn zu kümmern.
Ata-Mono hatte noch nicht den Ort mit den zehn Häusern verlassen, da kamen ihm auf der Landstraße über den nächsten Hügel und über den zweiten Hügel und über den dritten und vierten Hügel schon neue Frauen und Mädchen entgegen. Immer empfing er die-

selben Grüße, und immer wieder mußte er hören, daß die Männer bei der Arbeit seien.

Ata-Mono ging über den fünften Hügel. Dort standen schon Reihen von Frauen zu beiden Seiten des Weges. Die hatten sich gelagert und standen auf und verneigten sich. Ihre Reihen waren dicht gedrängt. Aber kurz vor Sonnenuntergang, am sechsten Hügel, dahinter die Hauptstadt der Provinz lag, standen die Frauen nicht nur am Weg, sondern saßen auch in den Zweigen der Bäume, und ihre Gesichter waren glänzend wie die Lampen am Abend. Die oben in den Bäumen klatschten, und die, die unten standen, verneigten sich und murmelten Beifall.

Hundert Schritte vor dem Tor und den vier Türmen der Provinzhauptstadt, wo das Frauengedränge am Weg am dichtesten war, hörte Ata-Mono plötzlich einen allgemeinen Schrei des Entsetzens. Ein surrender Laut traf sein Ohr, und ein langer, schwirrender Pfeil sauste vor ihm in den Boden und stand senkrecht und zitternd fest vor seinem Fuß.

Er staunte, aber er ließ sich nicht in seinem Weg stören und tat drei Schritte weiter. Da stürzten schnell drei Speere vor ihm nieder. Der eine zerschellte an einem Baum, der zweite durchbohrte ein Weib am Wegrand, der dritte fuhr durch Ata-Monos Haar und riß die Muschelkette aus seinem Haar mit sich.

Gleich darauf sah Ata-Mono, daß die Frauen auf den vier Türmen des Stadttores in Aufruhr gerieten und von jedem Turm einen Mann hinunterstürzten.

»Was bedeutet das?« fragte Ata-Mono die zwei Frauen, die ihm am nächsten standen.

»O Herr, ein paar eifersüchtige Männer wollen Euch töten«, sagte die eine der beiden Frauen eifrig; die andere lachte.

»Warum sehe ich nur Frauen und keinen Mann, der mich begrüßt?« fragte er weiter.

»O Herr, der Regent hat befohlen, am Tag wo Ihr vom Meer wieder nach China zurückkehren würdet, dürfe kein Mann sein Haus verlassen und kein Mann die Straße betreten, da die Eifersucht der Männer grenzenlos ist, und weil Euch alle Männer hier hassen.«

Ata-Mono sagte verwundert: »Ich habe seit Jahren keine Männer gesprochen. Warum hassen sie mich, und warum sind sie eifersüchtig auf mich?«

»Herr, Ihr wißt nicht, daß der Regent tief betrübt war, weil Ihr, der Ihr der erste seid, der die Sprache der Bäume verstand, weil Ihr China den Rücken kehren wolltet.«

Ata-Mono staunte:

»Ich habe es niemand erzählt. Woher weiß der Regent, daß ich die Schrift der Baumrinden lesen kann?«

»Herr, man sah Euch ja täglich in Eurem Heimatort an allen Wegen, in allen Wäldern, wie Ihr laut die Sprache der Bäume entziffert habt. Die Menschen standen in Scharen um Euch und lernten von Euch das Lesen der Rinden. Und jetzt lesen alle unsere Männer und verstehen die Sprache der Bäume wie Ihr.«

»Sind sie deswegen eifersüchtig, eure Männer, weil ich der erste war, der die Sprache der Bäume verstand?« »O nein, Herr, sie sind eifersüchtig, weil der Regent am Tag, da Ihr China den Rücken wendetet und ans Meer gingt, geschworen hat, daß Ihr an dem Tag, an dem Ihr umkehren würdet und unter sein Volk zurückkehren – daß Ihr dann die Wahl haben würdet unter allen Frauen, ob verheiratet oder unverheiratet, ob hoch oder niedrig; ja, die Regentin selbst dürft Ihr als Frau Euch erwählen. Aber Ihr müßt Euch entscheiden, ehe die Sonne dieses Tages untergeht. Habt Ihr dann nicht gewählt, wird man Euch morgen töten. Der Regent will, daß Ihr, tot oder lebendig, jetzt im Lande bleibt, und daß Ihr nicht den Ruhm des Landes gefährdet, daß Ihr nicht auswandert oder eine Frau aus einem anderen Volke wählt als aus dem unseren.

Die Männer, die vorhin von den Türmen gestürzt wurden, waren die Männer von den vier schönsten Töchtern des Regenten; diese vier Männer wollten Euch töten, ehe Ihr die Stadt betreten hättet, weil sie bei Eurer Brautschau für ihre Frauen fürchteten.«

Ata-Mono sagte: »Alle hunderttausend Frauen des Landes sind mir willkommen. So wenig, wie ich jetzt mehr den Willen zur Unsterblichkeit habe, so wenig Willen habe ich zur Liebeswahl. Ich werde also morgen sterben. Warum bin ich nicht schon vorhin gestorben, als der Pfeil zielte und die Speere eine Frau töteten, statt mich zu töten?«

»Komm!« sagte das Weib, das ihm geantwortet hatte. »Lege deinen Arm um mich und verkündige mich als deine Frau. Dann wirst du nicht sterben müssen. Und ich will dir helfen, dir die Unsterblichkeit zu sichern, die du am Meer vergeblich erwartet hast.«

Ata-Mono fragte rasch:

»Kennst du die Rindensprache der roten Kryptomerienbäume?«

»Natürlich«, sagte die Frau ebenso rasch. »Ich habe zwar nie einen solchen Baum gesehen, ich kenne aber seine Rindenschrift wie die Linien meiner Hand.«

Ata-Mono fragte noch rascher:

»Weißt du, wo die Harfe liegt, die ich suche?«

»Natürlich«, antwortete ebenso rasch die Frau. Alle Bäume erzählen es, daß die Harfe im kleinen, ewigen Feuerland liegt.«

»Weib, weißt du den Weg dorthin?«

»Natürlich. Ich werde ihn dir schon zeigen. Wenn du mich zu deiner Frau gemacht hast, werde ich ihn in Erfahrung bringen. Alles wird mir gelingen, wenn du mich liebst.«

»Wirst du mir treu bleiben, wenn ich dich heirate, und willst du die Unsterblichkeit mit mir teilen?«

»Treu bleiben?« fragte das Weib und schmollte. »Das ist das Natürlichste von der Welt. Das verspreche ich dir gar nicht. Aber die Unsterblichkeit werde ich natürlich mit dir teilen.« –

Ata-Mono betrat die Stadt nicht. Siebenundneunzig Schritte vor der Stadt, heißt es in den chinesischen und japanischen Chroniken, legte er seinen Arm um ein Weib. Aber nicht um das Weib, das er ausgefragt hatte und welches immer so geläufig »natürlich« geantwortet hatte, sondern um eines, das daneben gestanden und zu allem gelacht hatte, melodisch und freundlich wie eine singende Glocke.

Diese Frau hatte Ata-Mono nichts versprochen, und die Länder ehren heute noch ihr Andenken und ihr singendes Lachen.
Als der große chinesische Weise und Wissende und sein lieblich lachendes Weib nach glücklichster Ehe hochbetagt starben, begrub man beide am Meeresstrand unter dem rätselhaften Baum, dessen Rinde Ata-Mono niemals entziffert hat. –
Hunderte Jahre nachher, als die Chinesen Japan entdeckten und den harfenförmigen Biwasee als die große Harfe im Land des ewigen Feuers liegen fanden, brachte man dorthin ein Reis jenes unerklärlichen Baumes, zu einer Zeit, wo die Japaner noch in Blätterkleidern und mit ungekämmten Haaren das Feuereiland bewohnten und die Chinesen dort die ersten Apostel höherer Bildung und Gesittung wurden.
Und wieder einige Jahrhunderte später, als die ersten chinesischen Buddhisten-Mönche die Religion des Pflanzen-, des Tierreiches und des Menschenreiches den Japanern gaben und sie die Verbrüderung aller Weltallwesen lehrten und Mönche den Mijderatempel mit seinen Terrassen am Biwasee bauten, da erinnerte man sich wieder des rätselhaften Baumes, der nun durch die Jahrhunderte stark und mächtig geworden war. Und jeder, der zu dem Baum am Biwasee kam, sprach von Ata-Monos Geschichte, bis eines Tages ein japanischer Mönch geboren wurde. Dieser war der erste, der die Rinde des alten, rätselhaften Baumes am Biwasee entziffern lernte, die bis dahin unleserlich geblieben war. Und er las zu seinem Erstaunen von der Baumrinde den Satz:
»O wisse, Mensch, und höre mich, der ich alt werde wie die Erdrinde! Mir und allen, welche so alt werden auf der Erde, steht die Liebe höher als die Unsterblichkeit.«
Und diesen Spruch las der japanische Mönch milliarden- und milliardenmal in die Kronenäste, in den Stamm und in die Wurzelrinden gegraben; bis zur tiefsten Wurzel drunten in der Erde sprach der Baum keinen anderen Satz.
Nun erinnerte man sich auch, daß Ata-Mono, seitdem er glücklich mit dem lachenden Weibe lebte, nie mehr von der Unsterblichkeit

gesprochen, daß er sein Weib niemals nach dem Wege zur Unsterblichkeit gefragt hatte. Und aus der Vergangenheit stieg das Lachen jenes Weibes wie aus einem Grab, als Mönche eine Glocke gegossen hatten, die noch heute abends im Mijderatempel geläutet wird und deren Stimme wie die sanftgewordene Stimme von Jahrtausenden klingt und die den singenden Ton eines glücklichen Weibes hat. Der alte Baum ist heute nur noch ein Stummel, von Stelzen und Krücken gestützt. Zu dem Platze, wo er am See steht, führt ein hölzernes Tempeltor. Seine Zweige sind mit Tausenden von weißen Gebetszetteln behangen. Tausende von Pilgern aus Japan und China besuchen ihn, den Unsterblichen, der verkündet: »Die Liebe ist größer als die Unsterblichkeit«, und nennen ihn »den Glücklichen«, weil er Abend um Abend die kostbare Frauenstimme der Abendglocke des Mijderatempels belauschen darf, die jenem weiblichen Lachen gleicht, bei welchem einst Ata-Mono den Wunsch nach Unsterblichkeit vergaß.

Sonniger Himmel und Brise von Amazu

Im brütenden Hochsommer ist der Biwasee wie eine gute, erquikkende, milchreiche Amme, die Tausende von Japanern an ihrer Brust einwiegt.

Die leichten Buchten des ovalen Sees und seine geschwungene Harfenlinie sind von farbig gekleideten Menschenkindern umvölkert, gleichwie von roten, grünen, blauen und weißen Käfern. Gruppen von Badenden spielen im Schilf, unschuldig nackt wie Neugeborene. Die Stimme der Wellen, die sonst Tag und Nacht raschelt, und die zischelnden Schilfstimmen sind alle überstimmt von dem Gekicher und Gerufe der Menschen in Ruderbooten und Segelbooten und von spielenden Menschengruppen am Kiesstrand. Bis in den Abend schallen die Rufe, und bis in den Mondschein der Sommernächte antworten sich die Menschenstimmen über dem Wasser – Mädchen-, Frauen-, Männer- und Kinderstimmen. Die große Harfe des Biwasees hat unter dem sonnigen Himmel ihre Wasserstimme eingetauscht gegen die Skala der Menschenstimme.

Nur am schläfrigen Hochsommermittag, wenn das Seewasser faltenlos mit dem sonnigen Himmel eins geworden ist und kaum noch eine dünne Haarlinie die Seehöhe von der Himmelshöhe trennt, dann ist da eine Sekunde, die jedem ewig im Gedächtnis bleibt, der einmal den Seesommer am Uferrand dort eingeatmet hat – eine Sekunde, die in die Einheit des sonnenglatten Sees eine Teilung bringt, als ob in einem lautlosen Zimmer, in dem zwei Glückliche umarmt Gesicht an Gesicht liegen, ein einziger Glücksseufzer die Stille unterbräche und an ein fernes und künftiges glückliches Leben sich anschlösse. Das ist die Brise von Amazu, die wie ein großer Glücksseufzer über den Hochmittagsee durch die Sommerstille kommt.

Die Brise von Amazu bringt eine Seespiegelung mit sich. Aus rosigen und bläulichen Perlmutterfarben steigt eine Gespensterland-

schaft über der Seefläche auf. Mitten im hellen Mittagslicht verwandelt sich der See gleichsam in eine grünliche Wiese, überhangen von den Gliedern rosiger Kirschbäume, die sich im Hitzegezitter zu bewegen scheinen, und ferne Schilfspitzen verwandeln sich in die Silhouetten von Tänzerinnen, welche die zerbrechlichen Linien von japanischen Mädchen zeigen. Die Erscheinungen der blühenden Kirschbäume gleichen irisierenden Reflexen von aufsteigenden Wolkenrändern. Der Kirschgarten, in den sich der See verwandelt, ähnelt einer japanischen Perlmutterlandschaft auf bläulichem Silberlack. Dieses Seegesicht, das nur bei sonnigem Himmel und nur bei der Brise von Amazu und nur im Hochsommer erscheint, übt eine Zauberkraft auf Menschen aus, sagen die Japaner, so daß man über den Bootsrand wie von der Schwelle eines Hauses hinaustreten und zu Fuß über die Perlmutterfläche gehen kann, ohne zu versinken, getragen von der Begeisterung, vom sonnigen Himmel und von der Brise von Amazu. In diesen höchsten Sekunden der See-Ekstase sollen Menschen von Boot zu Boot gegangen sein, Viertelstunden weit über das Wasser, ohne unterzusinken, ohne den Fuß mit einem Wassertropfen zu benetzen. Aber wehe denen, die nicht Schritt halten mit der Begeisterung des Sees, nicht Schritt halten mit den Glücksaugenblicken und der Glücksstärke des sonnigen Himmels und der Brise von Amazu.
Nur solange die Brise währt, währt der Enthusiasmus des sonnigen Himmels, der den Menschen stehenden Fußes über das Wasser trägt. Legt sich die Brise, so läßt der sonnige Himmel die Wasserwanderer los, und sie werden vom See tiefer verschluckt als sonst Ertrinkende. Vermessene, die sich stärker glauben als das Glücksgefühl des sonnigen Himmels und der Brise von Amazu, und die auch nur eine halbe Sekunde das Glücksgefühl nicht aufgeben wollen, nachdem die Brise sich schon gelegt hat, schießen senkrecht zum Seeboden, von der Gegenkraft des einsetzenden Unglücks gepackt und versteinert. Man sagte, vom Unglück wie zu Eisen verhärtet und schwarz wie Meteorsteine stünden ihre Körper wie Statuen unten auf dem Seegrund.

Aber die größte Strafe dieser Vermessenen ist, daß solche jählings Versunkenen nie mehr geborgen werden können, daß ihre Seelenwanderung abschloß, ehe ihre Seele sich zum Nirwana hob, und daß sie die dumpfesten Weltüberreste sein werden, wenn das ganze Menschengeschlecht zum Nirwana eingegangen ist.

»Die Brise von Amazu hat ihn verlassen«, oder »der Brise von Amazu trotzen wollen«, sagen die Japaner sprichwörtlich von Menschen, die das Glück, das sie verläßt, mit den unmöglichsten Mitteln festhalten wollen. Und sie schenken einem solchen Menschen, um ihn zu warnen, ein kleines schwarzes Bronzeamulett, das nichts ist als eine schwarze, eiserne Träne. Dieser Eisentropfen sieht aus wie der Haarschopf eines Menschen, der senkrecht ins Wasser schießt. Hört ein Freund auf diese Warnung nicht, so sendet man ihm einen Fächer, darauf ein Mensch gezeichnet ist, der über Wellen wandert. Und ist ihm diese Warnung noch nicht genug, so singt man ihm folgendes Lied abends unter den Fenstern:

> Gab dir heute der sonnige Tag,
> Als der See im Mittagsschlaf lag,
> Freude und einen glücklichen Sinn
> Und Götterkraft deinem Fuß im Schuh,
> Dann sieh jetzt vorsichtig vor dich hin.
> Glück währt nie lang,
> Wir sind um dich bang,
> Glück und Tod bringt die Brise von Amazu.

Omiya und Amagata waren zwei Turnlehrer in Ozu und zogen mit ihren beiden Knabenschulen an einem Sommertag in Kähnen auf den Biwasee hinaus, den ganzen Tag an den Ufern entlang. Die Schulknaben konnten nicht schwimmen, aber nur wenigen fiel es ein, sich vor der schwindelnden Tiefe des Biwasees zu grauen, und sie füllten die Luft mit Gelächter.

Die Schulklasse eines jeden Lehrers war nicht groß und saß in je einem Kahn. Nun wird in Ozu erzählt: Die heiße Mittagsstunde kam, und die Kähne befanden sich auf der Höhe des Sees, wo man fast keine Ufer sieht, nur den bläulichen Hitzedunst in der Ferne. Die beiden Kähne schienen zwischen Himmel und Erde wie zwei abgeschossene Pfeile durch die Luft zu gleiten. Blau verschmolzen lagen der glatte Himmel und das glatte Wasser beieinander.

Da verwandelte sich vor den Augen der Kinder der See in jene unwirklichen Wiesen, wie sie sonst auf Bildern glatt gemalt und grünspanfarbig zu sehen sind.

Kirschbäume stiegen auf, als käme der rosigste Fühling noch einmal in den Hochsommer herein, und kleine Mädchen in taubenblauen Gewändern klatschten rhythmisch in die Hände und umwandelten die dunklen Silhouetten der Kirschbaumstämme. Bald gaben sie sich die Hände, bald breiteten sie die Arme. Einige knieten, andere glitten im Kreis um die Knienden.

Die Lehrer und die Knaben konnten glauben, sie seien mit den Kähnen unter Kirschbäumen gelandet, in einer Seegegend, wo die Kirsche erst im Hochsommer blüht und wo die Mädchen den Frühlingsgottheiten eine Tanzzeremonie ausdenken, um der lächelnden Kirschblüte zu huldigen.

Kein Knabe war zu halten. Alle verließen die Boote, liefen auf die Wiesen, kauerten im Kreis unter den Kirschbäumen und begleiteten mit rhythmischem Händeklatschen die Mädchenfüße.

Aber Kinder, die nichts vom Glückswechsel und von Beherrschung der Glückssekunden verstehen, können auch nicht auf den Augenblick der Windstille nach der Brise von Amazu achten.

Die lebhafte Brise, die mit den Kleidern der Kinder spielte, mit den äußersten Spitzen der Kirschbäume, mit den glitzernden Grashalmen der grünspanfarbigen Wiesen, legte sich plötzlich, und tiefe Lautlosigkeit trat ein. Vergeblich schrien die beiden Lehrer aus jedem Boot den übers Wasser wandernden Kindern zu. Kinder sind taub, wenn sie spielen. Kein Knabe kehrte zurück, als die Brise von Amazu sich legte.

Wie wenn ein Spiegel einbricht und die Glassplitter trübes Glasmehl werden und kein Gesicht mehr hergeben, das hineingeschaut hat, so blieben alle Schulkinder im See verschwunden.

Die beiden Schullehrer kamen drei Tage später, nachdem sie den ganzen See abgesucht hatten, ohne Kinder zurück nach Ozu, wo der Jammer um die verschwundenen Schulklassen so groß war, daß viele Väter noch in derselben Nacht Selbstmord begingen und viele Mütter hinaus zum See stürzten und sich ertränkten.

Auch der eine Lehrer, sein Name war Amagata, wurde am nächsten Morgen tot in seiner Wohnung gefunden, erwürgt von Nachtgeistern, sagten die Leute. Der andere aber mußte seine Schulstellung aufgeben und wurde Polizist.

Eines Tages beurlaubte sich dieser Mann, welcher Omiya hieß, und sagte, er wolle sich ein Mädchen zur Frau aus Amazu holen. Und als man ihn fragte, warum gerade aus Amazu, von wo doch das Unglück über ihn und Amagata gekommen sei, da schüttelte er nur den Kopf und sagte finster: »Auf Glück folgt Unglück und auf Unglück Glück. Darum muß das Mädchen, das ich liebe, aus Amazu sein und mir Glück bringen, weil ich dort mein größtes Unglück hatte.«

Wenige Tage später brachte Omiya auch wirklich auf seinem Kahn eine Frau aus Amazu nach Ozu, schloß sein Weib in sein Haus ein und zeigte es niemand.

Die Frau gebar einen Knaben. Der sah, als er größer wurde, dem ermordeten Lehrer Amagata auffallend ähnlich.

Nach der Geburt des Knaben trat eine Veränderung mit Omiya ein. Er vernachlässigte seine Frau, er vernachlässigte sein Haus, er vertrank sein Geld, er vermied es, sein Kind zu sehen, und trug immer in seinem Mund eine kleine, kalte Pfeife, die er nie anzündete, die er aber alle Augenblicke ausklopfte, als habe er sie ausgeraucht.

Dieses Klopfen der Pfeife des Polizisten Omiya war in ganz Ozu als Signal bekannt. Die Kinder flüchteten in die Häuser und versteckten sich hinter die langen Ärmel der Mütter, wenn am Ende der Straße das Klopfen der Tabakspfeife des Polizisten Omiya ertönte. Nachts schrien Knaben und Mädchen im Schlaf auf, wenn unter den Fenstern der Polizist vorüberging und seine Pfeife an die Hausecke pochte.

Ältere Leute, die nachts noch bei der Kerze saßen, löschten das Licht aus, wenn sie das Klopfen der Pfeife hörten. Junge Männer, die eben aus dem Teehaus heimgehen wollten, gingen bei dem unheimlichen Klopfen wieder in das Teehaus und bestellten sich eine neue Tänzerin und Reiswein, um nicht an das verrufene Klopfen denken zu müssen. Denn niemand in ganz Ozu wollte mit dem verrufenen Klopfen im Ohr einschlafen.

Aber mit dem feinen Takt der Japaner erzählte keiner dem andern in ganz Ozu, welche Plage ihm das Pfeifengeräusch des Polizisten verursachte. Jeder vermied, von etwas so Unangenehmen, wie die Vergangenheit und das Schicksal des Omiya gewesen, von neuem zu sprechen. Bis eines Tages ganz Ozu von Omiya erlöst wurde.

Es war in den achtziger Jahren des neunzehnten Jahrhunderts, als der damalige Kronprinz von Rußland Japan bereiste und, gefolgt von verschiedenen japanischen Würdenträgern und begleitet von abendländischen russischen Offizieren, kam und den Biwasee von den Terrassen des Mijderatempels bewunderte. Es war am frühesten Morgen nach sechs Uhr, zu der Stunde, da die Japaner ihre vornehmsten Visiten machen. Der See lag wie ein großes silbriges Ei in der Sonne – ein großes Silberei, das sich funkelnd um seine Längsachse drehte. Über die Häuser Ozus rieselte der Silberglanz und blendete die Augen der Menschenmengen, die in der Seestraße Kopf an Kopf standen und den ausländischen Prinzen sehen wollten, wie er in der Rikscha vom Mijderatempel zurückkam – den zukünftigen Kaiser jenes Landes, das so nah an Japan grenzte und dessen Bewohner meistens hohe juchtene Stiefel tragen, sodaß man hätte glauben können, alle die schwerbestiefelten Russen würden eines Tages dem kleinen Japan einen Fußtritt geben, daß es zerstampft sein würde wie eine Fliege auf der Diele.

Auch die Bewohner von Ozu, die in den Morgenstraßen aufgereiht standen, lächelten sauersüß, als dem russischen Kronprinzen vorauf in einigen Rikschas ein paar riesige, schwerbestiefelte russische Generäle fuhren, die während des Fahrens nichts von der Morgenschönheit des Biwasees zu bemerken schienen, sondern mit noch übernächtigen Köpfen wie feiste Dämonen in den kleinen Wagen saßen und halb eingeschlafen waren.

An einer Straßenecke war der Polizist Omiya in dunkler, europäischer Uniform postiert. Zum erstenmal hatte er seine Pfeife nicht in der Hand. Ein kleiner, kurzer Säbel hing an seinem Gürtel. Seine Mütze war tief in die Stirn gezogen, so daß ihn der glänzende Biwasee nicht blendete.

Nun kam der Kronprinz um die Ecke gefahren, und Omiya sollte die Hand an den Mützenschild führen und den russischen Zarensohn grüßen. Aber die Leute auf der Straße sahen plötzlich den russischen Prinzen im heftigsten Handgemenge mit Omiya; Omiyas kurzer Säbel blitzte und zerbrach dann wie ein Stück Glas und flog im Bogen in zwei Stücken über die Köpfe der Zuschauer in eine Seitenstraße. Russische Uniformen und abendländische Fäuste sah man im Gewühl einen Augenblick danach um Omiya toben. Dann verbreitete sich die Nachricht von Mund zu Mund, von Haus zu Haus, von Ufer zu Ufer rund um den Biwasee, über ganz Japan, über Rußland und über Europa – die Schreckensnachricht, daß der Kronprinz Nikolaus von einem japanischen Polizisten in Ozu am Biwasee angefallen und durch einen leichten Dolchstich am Arm verwundet worden sei. Man erklärte diesen seltsamen Fall damit, daß der japanische Polizist in plötzlichem Irrsinn und unter dem Einfluß der Tobsucht gehandelt habe.

Der Irrsinnige sei dann nach der Tat aus seinem Haftlokal ausgebrochen und habe sich in einem Kahn auf den Biwasee geflüchtet. Und da alle Nachforschungen vergeblich blieben und da es ein heißer, glühender Tag war, sagten die Leute, die Brise von Amazu habe den Attentäter in den See gelockt. Omiyas kleiner Sohn wurde an diesem Tag gerade fünfzehn Jahre alt. Das ist das Alter, in dem die japanischen Kinder ihren Kinderrufnamen ablegen und einen Namen für ihre Mannesjahre erhalten. Aber Omiyas Frau verschob wegen des schrecklichen Ereignisses an diesem Tag das Namensfest ihres

Knaben, bis sie Kunde haben würde von dem Verbleib ihres irrsinnig gewordenen Mannes.

Einige Tage später, eines Mittags, als die Frau den Reis am Herd rührte, flog ein Kieselstein von der Straße in den Reistopf.

Die Frau streckte den Kopf über die Altane des Hauses und sah einen in Lappen und Lumpen gewickelten Mann, der ein großes Bündel gemähtes Schilf auf dem Kopf trug. Die Schilfhalme hingen so dicht vor seinem Gesicht und um seinen Kopf, bis auf die Schultern, daß Omiyas Frau nur ein riesiges Schilfbündel auf zwei Beinen wandelnd die Straße hinabgehen sah. Sie schüttelte verwundert den Kopf. Die Seestraße war zur Mittagsstunde leer, und die Frau konnte nicht begreifen, wer den Stein durchs Fenster geschleudert hätte. Plötzlich durchzuckte sie ein Gedanke. Sie fährt noch einmal mit dem Kopf über den Altanenrand und betrachtet nochmals den Gang der Männerbeine, die unter dem gelben Schilfbündel die staubweiße Straße entlangschleichen. Sie nickt und murmelt: »Das war Omiya.«

Den Stein, den sie schon vorher aus dem Reistopf herausgenommen hatte, wäscht sie jetzt rasch im Wasserbottich rein und betrachtet den Biwakiesel von allen Seiten. Sie erkennt darauf, als sie den Stein über dem Herdfeuer getrocknet hat, eingeritzte winzige Schriftzeichen und liest: »Tue mit deinem Sohn, der nicht mein Sohn, sondern Amagatas Kind ist, dasselbe, was ich mit Amagata getan habe: töte ihn. Dann halte dich heute um Mitternacht bereit. Du mußt mit mir auswandern. Hätte ich den ausländischen Prinzen getötet und nicht bloß verwundet, so hätte ich Japan einen so großen Dienst getan, daß meine Vergangenheit reingewaschen wäre, reiner als dieser Kiesel des Biwasees.

Das Attentat ist mir mißlungen, und ich bin der Mörder Amagatas geblieben und der Mörder der Schulkinder von Ozu. Ich bin aus Eifersucht um deinen Besitz mit Amagata vor Jahren auf der Seehöhe in Streit geraten, und er schlug seinen Kahn und ich meinen Kahn im Kampf um, und alle Schulkinder ertranken. Das hast du bis heute nicht gewußt. Du wußtest nur, daß ich dich zu deinem und

meinem Verderben lieben muß. Ich habe dir vorgelogen, daß Amagatas letzter Wunsch war, daß du mich heiraten solltest, wenn er tot wäre. Er hatte mir zwar gesagt, daß er dich in Amazu besucht und verführt habe. Aber ich hatte doch nie geglaubt, daß ich den Anblick seines Kindes nicht ertragen könnte. Tötest du das Kind nicht, so werde ich es töten. – Gehorche jetzt und rotte Amagata vollständig aus unserem Leben aus, indem du sein Kind beseitigst. Der Kampf zwischen mir und Amagata brach aus, als er mir in den Booten auf dem See erzählte, daß er dich besitze, wann er wolle, und dich bald aus Amazu holen und zu seiner Frau machen werde. Nachdem wir uns im Wasser müde gekämpft hatten, er und ich, und ich sah, daß alle Kinder ertrunken waren und mich selbst beinahe die Kräfte verließen, veranlaßte ich ihn, mich vom Ertrinken zu retten, indem ich sagte, der Verlust der Schulkinder sei mir größer als dein Verlust, und indem ich eine Gleichgültigkeit heuchelte, die ich niemals fühlte, und dabei erklärte, daß ich auf dich verzichten wollte. Amagata, der kräftiger war als ich, nahm mich dann auf seinen Rücken und schwamm mit mir stundenlang viele Seemeilen, bis ans Ufer.
In Ozu verbreiteten wir das Märchen von der Brise von Amazu, das aber trotzdem kein Märchen ist, denn ich habe wirklich einen Augenblick mitten in der Mittagshitze die Erscheinung der Kirschbäume und der tanzenden Mädchen draußen zwischen Wasser und Himmel gehabt. Du kamst mir über das Wasser entgegen, und ich hielt dich glücklich in meinem Arm und verlebte in dieser Vision die unschuldig seligsten Augenblicke meines Lebens, bis plötzlich Amagata neben mir, eingeschlafen und traumredend, das Geheimnis deiner Verführung verriet. Ich versuchte ihn damals zu erwürgen, so wie ich ihn, obwohl er mich gerettet hatte, noch in derselben Nacht in Ozu wegen der Liebe zu dir erwürgt habe.
Ich gestehe dir dieses alles heute ein, weil du mir hundertmal versichertest, daß du mich mehr als Amagata liebtest.
Mein Kampf gegen Amagata ist aber erst ausgekämpft, wenn sein Sohn nicht mehr am Leben ist. Ich liebe dich. Darum töte Amagatas Sohn, wie ich für dich getötet habe.«

So sprach die Schrift des Kieselsteins zu der Frau.
Der Reis verbrannte am Feuer, das Zimmer füllte sich mit Qualm. Aber der Rauch verzog sich bald wieder, denn das Herdfeuer ging aus, weil die Frau es nicht mehr schürte und den großen, flachen Stein in ihrer Hand hin und her drehte und die Schrift, die winzig gekritzelte, entzifferte.
Es wurde Nachmittag. Die Frau las immer noch. Wohl wunderte sie sich manchmal, daß ihr Junge, der draußen auf dem See lag und angelte, nicht heimkam und Essen verlangte. Aber der Stein in ihrer Hand, der die tiefsten Geheimnisse zweier Menschenleben zu ihr redete, machte, daß sie bald wieder Zeit, Ort und Wirklichkeit vergaß. Plötzlich weckte sie ein Gerede auf der Straße, Stimmen sprachen unter dem Fenster den Namen ihres Sohnes und ihren eigenen Namen. Die Stimmen rannten fort und kamen wieder. Füße und Stimmen drängten an ihr Haus. Die Schiebetüre teilte sich, und die Stimmen drängten herein und umsummten sie, und die vielen Füße traten zu ihr heran, und ebenso das Gemurmel. Und sie dachte einen Augenblick: Ist der Reis wieder übergekocht, weil es so laut wird? Da kamen Hände zu ihr, die ihre Hände streichelten. Vor ihr legte man ein nasses, in graue Segeltücher gewickeltes Paket hin. Das roch nach dem Grundwasser vom Biwasee.
Und die Frau mußte an den Wasserkampf zwischen Amagata und Omiya denken und an das Gemurmel und Geseufze und Gegurgel und Geschluchze der ertrinkenden Schulkinder rings um die beiden kämpfenden Männer, und an Omiya, der schwächer war und auch am Ertrinken war, und an Amagata, der sie zur Mutter gemacht hatte, gleichfalls an einem heißen Tag, draußen im Boot auf der Seehöhe, und der dann aus ihrem Schoß zu ihren Füßen hinrutschte und nach dem Liebeskampf auf einem Haufen Segeltuch sanft einschlief, und den sie dann zudeckte mit ihrem Gewand.
Der See war ihr Hochzeitsgemach gewesen. Der See konnte ihr nichts Böses tun. Was der Biwasee tat, war wohlgetan.
War das Amagata oder Amagatas Sohn, der jetzt starr vor ihr lag in dem nassen Segeltuch?

Die Frau lüftete mit ihrer kleinen, abgearbeiteten Hand ein wenig das Tuch des nassen Paketes. Da sah sie ein Endchen von dem Kleidersaum eines Knabenrocks, den sie selbst genäht hatte.
Sie sah tränenlos hin, ohne Erstaunen, und sagte zu dem Gemurmel und zu den vielen Füßen, die rund um sie waren:
»Es ist Amagatas Sohn. Der See hat mir Amagata damals geschenkt, warum soll ich nicht heute ihm meinen Sohn schenken!«
Und das Gemurmel um sie verging allmählich, und die vielen Füße um sie gingen aus dem Zimmer. Und es wurde still, als wäre das Feuer zum zweitenmal im Herd ausgegangen.
»Mein lieber Sohn«, sagte die Frau, die neben dem ertrunkenen Knaben kniete, »siehst du, hier ist ein Kopfkissen aus dem Biwasee.« Und sie schob dem Toten den großen, flachen Kieselstein, den sie immer noch in der Hand hielt, unter den Kopf.
»Ich sollte mich jetzt neben dich legen und für immer mit dir einschlafen, Kind. Der Biwasee war mein Hochzeitsbett. Er könnte auch mein Sterbebett werden, wie er deines geworden ist, Kind. Aber ich habe noch eine Rechnung zu machen. Dein Vater Amagata würde mich nicht als deine Mutter im Totenreich empfangen, wenn ich fortgegangen wäre von der Erde, ohne Omiya zu zeigen, daß ich immer Amagatas Willen tat. Auch wenn ich Omiya hundertmal sagte, daß ich ihn mehr liebte als Amagata, tat ich das, damit er Amagatas Kind nicht schlüge und Amagatas Kind nicht verhungern ließe.«
Dunkle Wasserflecken liefen von der nassen Segelleinwand über die Strohdiele der Stube. Und die untergehende Sonne leuchtete rot über den See draußen und rot über die Wasserflecken im Zimmer. Die Frau nickte und saß weiß in dem abendroten Gemach, als könnte ihr auch die Sonne kein Blut zum Weiterleben mehr geben. Die Frau nickte und sprach: »Vergossenes Blut braucht nicht mit vergossenem Blut gerächt zu werden. Aber ich will Omiyas Seele in alle Winde ausschütten, daß sie nie mehr in seinen Körper zurückkehren kann. Ich will Omiyas Seele ausblasen, daß er hohl herumgeht und die Welt so leer sieht, als wäre der Biwasee ausgetrocknet.

Und ein unendlich großes Loch ohne Glanz und ohne Welle soll den Platz von Omiyas Seele einnehmen.«

Die Nachtzikaden begannen vor den Fenstern zu singen, und die Seelandschaft draußen verflüchtigte sich in Dämmerung. Das kleine Zimmer mit der Leiche, mit der toten Asche auf dem Herde, mit den dunklen Wasserflecken auf der Diele und mit dem regungslosen, blaß leuchtenden Frauengesicht neben der Leiche war etwas so Stilles im Weltraum, daß im Fensterrahmen die funkelnden Sterne am Nachthimmel dagegen wie gestikulierende, laute Menschengesichter waren, wie ein Volksgetümmel, das Kopf an Kopf mit glänzenden Augen vor den Fenstern ein Schauspiel erwartete.

»Nur warten, nur warten!« nickte die Frau den Sternbildern zu, die sie für Menschengesichter hielt.

Dann knackte die Diele der Altane. Ein Gewand raschelte. In der Hand eine kleine Blendlaterne, trat der ehemalige Polizist Omiya ein und ließ den Laternenstrahl im Halbkreis durch das Zimmer leuchten.

»Du hast ihn getötet! Gut. Komm!« sagte stoßweise seine Stimme. Und die Blendlaterne, als wäre sie Omiyas drittes Auge, schoß abwechselnd einen Strahl auf die Decke und einen Strahl auf die eingewickelte Leiche am Boden.

»Komm! Wir haben nichts mehr hier zu suchen in Ozu. Wir müssen am Ende des Sees sein, ehe es Tag wird. Steh auf und nimm dein Kleid über den Kopf, daß dich niemand erkennt.«

»Setz dich hierher, ich habe zu reden!« antwortete Omiya eine Stimme, die er nie gehört hatte. Und er fragte unwillkürlich erschrocken zurück: »Ist Amagata hier?«

»Amagatas Sohn war hier«, antwortete die Stimme, welche Omiya nicht von der Erde und nicht vom Himmel zu sein schien - eine Stimme, die war, als spräche einer der bronzenen Versunkenen, die wie Statuen auf dem Grund des Biwasees stehen, einer von jenen, welche die Brise von Amazu überrascht hatte und die verschlungen wurden vom Unglück.

»Wer bist du?« fragte Omiya. »Du bist nicht mein Weib, du, die da spricht.«
»Du hast recht. Es ist Amagatas Weib, das zu dir spricht.«
»Sagtest du nicht immer, daß du mich mehr liebtest als Amagata?« sagte Omiya rasch.
»Du sagtest mir, Amagata hätte sterbend gewünscht, daß ich dich, Omiya, lieben sollte; darum heiratete ich dich, seinen Freund. Aber niemals habe ich dir gesagt und niemals dir gestanden, daß ich nur deshalb auf der Erde blieb, nachdem Amagata tot war, um sein Kind zu gebären, damit dieses so glücklich würde, wie ich glücklich war an meinem Hochzeitsmittag mit Amagata auf dem See. Das Glück, das ich in Amagatas Armen auf dem See draußen zum erstenmal genoß, wollte ich verlängern, wollte seinen Sohn gebären und nicht sterben, bis Amagatas Fleisch und Blut die Liebe kennenlernen würde und die glücklichsten Liebessekunden, wie ich sie gekannt habe. Amagata, mein toter Geliebter, sollte in seinem Sohn für mich weiteratmen.« »Verflucht!« brüllte Omiya. Und seine Kehle gurgelte wilde Laute, wie die Kehle eines, der im dunklen Wasser um sich schlägt und Wasser schluckt und schreien will und um sich speit und nicht Luft zum Schreien findet.
Dann verlosch die Blendlaterne. Es geschah scheinbar nichts im Dunkeln. Kein Seufzen, kein Schrei mehr. Doch fanden am Morgen die Leute von Ozu die kleine, blasse Frau des Omiya erwürgt neben der Leiche ihres ertrunkenen Sohnes.
Omiya aber blieb unauffindbar und ungestraft, was gleich ist mit der größten Strafe der Götter.

Der Wildgänse Flug in Katata nachschauen

In der alten Hauptstadt Kioto, in der ältesten Künstler-, Tempel- und Kaiserstadt Japans, hatten im Mittelalter viele Maler den Auftrag erhalten, die Gemächer eines Bergtempels zu bemalen. In diesen Tempel zog sich die kaiserliche Familie in den Sommertagen zurück und pflegte dort einige Wochen unter der Obhut der reichen Mönche zu wohnen. Die Maler begannen ihr Werk. Einer malte einen Saal, wo Sperlinge in Scharen über die Wände flogen und sich in Reisfeldern und Bambushainen auf Halmen und Rohren schaukelten. Ein anderer Maler malte auf Silberpapiergrund einen Saal, wo große Meereswellen aufrauschten und die vier Wände umschäumten. Wieder ein anderer Maler malte einen Saal voll von Katzenmüttern und jungen Katzen, die in Blumenkörben spielten und die Blütenköpfe großer Päonien zerzupften.
Der erste Saal wurde der Sperlingssaal genannt, der zweite der Saal der schäumenden Wellen, der dritte der Saal der spielenden Katzen. Der Kaiser und die Kaiserin, die an der Ausschmückung viel Anteil nahmen, ließen sich jedesmal, wenn ein Saal beendet war, in Sänften und mit großem Pomp zu dem Bergtempel tragen und verbrachten eine Teestunde in dem neuen Saal. Und sie nahmen öfters ihre jungen Prinzessinnen mit, drei an der Zahl. Und der Kaiser sagte zur ältesten eines Tages, als sie den Tempel wieder besichtigten: »Wünsche dir einen gemalten Saal, mein Kind! Vielleicht haben die Maler die Freundlichkeit und werden von glücklichen Augenblicken begünstigt, dir einen Saal zu malen nach deinem Einfall.«
Die älteste Prinzessin, die einen kleinen japanischen Seidenpinscher auf ihrem Arm trug, mit dem sie spielte, wünschte sich einen Saal voll Schoßhündchen, die um sie spielen sollten. Und die Maler malten ihr diesen Saal.
»Nun wünsche du, mein Kind, was du gemalt haben willst!« sagte der Kaiser zur zweitältesten Prinzessin. Diese wünschte sich etwas

ganz Unmögliches: einen Saal, wo der Mondschein käme und ginge, und in welchem keine Farben sein sollten.
Die Maler brachten auch diesen Saal zustande. Sie teilten einen Saal in zwei Teile. Die eine Hälfte sah nach Osten, die andere nach Westen, und jeder Saalteil hatte einen Altan. Von dem einen Altan sah man den Mond aufgehen, von dem anderen Altan den Mond untergehen. Und weil das Auge der Prinzessin und das Auge des Mondes keine der sieben Regenbogenfarben dulden wollten, hatten die Maler Pflanzen und Bäume in jedem Saal mit brauner Sepia gemalt.
Nun wurde die dritte Prinzessin von dem Kaiser und der Kaiserin gefragt, was sie sich in ihrem Saal von den Malern gemalt wünschte.
Oh, sagte sie, sie wünschte sich nicht viel, nur einen Zug Wildgänse, die durch die Luft flögen, graue und weiße Wildgänse, im Zickzackflug, rund um den Saal. Aber jede Gans müsse so hinter der anderen fliegen, daß sie alle zusammen ein japanisches Schriftzeichen in ihrem Flug bildeten. Dieses Zeichen würde von einem bestimmten Baum und einer bestimmten Hügellinie und der Fluglinie der Gänse gebildet. Nur in Katata am Biwasee könnten die Maler den Gänseflug, den Baum und den Hügel zusammen treffen. Nur einmal, an einem Frühlingsabend, habe die Prinzessin bei einem Ausflug in Katata die Wildgänse so fliegen sehen, daß sich das wunderbare Schriftzeichen zwischen Himmel und Erde aus der Fluglinie der Gänseschar, aus der Silhouette eines Hügels und aus einer Baumlinie bildete.
»Und das nennst du ganz einfach?« sagte der Kaiser.
»Es war ganz einfach, als ich es sah«, antwortete die Prinzessin.
»Es wird nicht zu malen sein«, sagte die Kaiserin.
»Dann wünsche ich keinen gemalten Saal«, sagte die Prinzessin.
»Und wie hieß das Schriftzeichen?« fragte der Maler Oizo, als der Kaiser und die Kaiserin ihm den Wunsch der Prinzessin erklärten.
»Das hat die Prinzessin vergessen«, wurde ihm zur Antwort.
Die Maler zogen mit Reispapier und Tusche, mit Silberpapier und Goldpapier beladen nach Katata, um den Flug der Wildgänse zu stu-

dieren. Aber da es Juli war und keine Wildgänse um diese Zeit vorüberziehen, mußten sie warten bis Oktober. Und Oizo suchte inzwischen die Hügellinie und die Baumlinie. Aber da es Sommer war und die Bäume belaubt, und da die Hügel voll hoher Gräser wehten, fand er nirgends die Linie freiliegend.

Die Maler und der Maler Oizo studierten inzwischen die Fische, die in Rudeln im klaren Wasser stehen, und Bäume am Ufer, welche wie Schriftzeichen ins Wasser tauchen und sich in der Wasserspiegelung krümmen, und Wachteln, die in den Reisfeldern brüten, und Wachtelmütter, die mit ihren Jungen unter den Reishalmen picken. Sie brachten diese Bilder nach Kioto in den Tempel und dachten: Vielleicht gibt sich die Prinzessin zufrieden mit einem Wachtelsaal oder mit einem Saal voller Uferbäume und Fische.

Aber die Prinzessin schwieg und gab keinen Beifall und auch der Kaiser und die Kaiserin schwiegen. Da wurde der große Maler Oizo traurig und kehrte wieder nach Katata zurück. Dort wohnte er in dem Haus eines Töpfers auf einem Hügel. Der formte aus dem Ton der Katataerde Vasen, einfache, weiße Vasen, die er mit grüner und blauer Glasur überzog, so daß sie spiegelten wie das grüne und blaue Uferwasser des Biwasees in den Frühlingstagen.

Der Töpfer hatte eine Tochter. Die war so jung und lebendig wie ein Aprilwind. Sie saß am Töpferofen, darinnen die Vasen und Tonschalen ihres Vaters gebrannt wurden. Sie hatte die Glut zu schüren und die Holzkohlen aufzufüllen, und davon war sie stets schwarz im Gesicht und schwarz an den Händen, daß der Maler Oizo sie eigentlich noch niemals gesehen hatte.

Oft saß er am Ofen bei ihr, wenn sie die Flammen schürte, und er zeichnete nachher die roten Korallenäste des Feuerflackerns. Natürlich wußte ganz Katata, daß die kaiserlichen Maler auf den Herbst warteten, bis die Wildgänse in den Oktoberabenden fortflögen. Und auch ›Graswürzelein‹, wie die Tochter des Töpfers hieß, wußte, daß Oizo jetzt traurig war, weil er den Wunsch der Prinzessin noch nicht befriedigen konnte.

Eines Abends, als der Mond aufging und der Altan des Töpfers zwischen dem Mondschein und dem roten Schein, der aus dem Ofen fiel, zweifarbig beleuchtet, rot und blau wurde und ›Graswürzelein‹ mondblau und feuerrot, zweifarbig beschienen, vor dem Ofen im Hof bei dem Altan saß, seufzte der Maler in seiner Altanecke ärgerlich und trotzig darüber, daß der Prinzessin nicht der Wachtelsaal und nicht der Saal der Fische gefallen hatte und auch der Kaiser und die Kaiserin darüber geschwiegen hatten.

Da kam die blau und rot beschienene Tochter des Töpfers und sagte:

»Seufze nicht, Oizo! Ich will dir sagen, was die kaiserliche Prinzessin denkt, und was sie will, und will dir auch das Schriftzeichen des Fluges der Wildgänse zeigen.«

Und ›Graswürzelein‹ nahm eine Holzkohle, die neben dem Ofen lag, und zeichnete auf einen weißen ungebrannten Tonkrug ein paar Linien.

»Sieh her, Meister!« sagte sie. »Was heißt das auf japanisch, was ich hier schrieb?«

»Das heißt«, sagte Oizo und betrachtete flüchtig den Krug mit den Schriftzeichen, »ich liebe dich, wenn ich dir nachsehe. Aber du liebst mich nicht, weil du fortsiehst.«

»Sieh, Oizo«, sagte ›Graswürzelein‹, »dies denkt die Prinzessin, denn sie ist wahrscheinlich in einen Mann verliebt, der sie nicht ansieht. Und sie will das Schriftzeichen durch den Gänseflug in ihren Saal gemalt haben und will den Mann dann in den Saal führen und ihn von den Wänden ihren Willen lesen lassen. Denn sieh: das Schriftzeichen besteht aus drei Teilen. Sieh hier die Gabel eines vielfach gewundenen Baumes. Waagrecht durch die Gabel hindurch siehst du die Brustlinie eines ansteigenden Hügels und darüber die vielfach zackige Fluglinie einer unendlich langen Reihe von grauen und weißen Wildgänsen. Aber zugleich siehst du: die grauen Wildgänse verschwinden in der Dämmerung und unterbrechen die Linie, wogegen die weißen sich als Schriftzeichen vom Abendhimmel abheben.«

Oizo fragte erstaunt und mit ganzem Herzen zuhörend: »Und woher weißt du, daß die Prinzessin gerade diesen Schriftzug meint: Ich liebe dich, wenn ich dir nach sehe, aber du liebst mich nicht, weil du fortsiehst?«

»Das ist ganz einfach«, lachte ›Graswürzelein‹. »Mein Vater machte einmal eine Vase. Ich hatte aber den Ofen schlecht geheizt, so daß die Glasuren nicht gleichmäßig trockneten und sich seltsamerweise dieses Schriftzeichen bildete, indem der weiße Grund der Vase in Zickzacklinien durch die blaugrüne Glasur schimmerte. Flüchtig hingesehen, erschienen die weißen Linien wie ein Flug Wildgänse, die in einer Landschaft über Baum und Hügel hinflogen.

Die Vase gefiel einem Mönch, der sie sah und ausnehmend schön fand, da sie zugleich Bild und Schriftzeichen deuten ließ. Die Prinzessin hat wahrscheinlich diese Vase in einem Tempel gesehen, und man hat ihr gesagt, daß das Bild darauf den Flug der Wildgänse in Katata darstellt. Aber ich denke mir, daß das Schriftzeichen ihr mehr wert ist als der Flug der Wildgänse«, lachte ›Graswürzelein‹.

Oizo schlug sich mit der Hand vor die Stirn und lachte: »Also dieser Baum und dieser Hügel sind gar nicht in Katata? Und nur die Wildgänse fliegen hier vorüber im Frühling und im Herbst?«

»O ja«, sagte ›Graswürzelein‹ nachdenklich. »Der Baum lebt wohl hier irgendwo und der Hügel auch irgendwo, denn nichts ist Zufall auf der Welt. Es war auch kein Zufall, daß ich das Feuer damals schlecht schürte und daß die Vase schlecht trocknete. Nichts ist Zufall, sagen die Götter hier bei uns in Katata.«

Und während ›Graswürzelein‹ das sagte, öffnete sie die Feuerluke, zerschlug den Krug am Boden, auf den sie das Schriftzeichen gemalt hatte, sammelte die Scherben und warf sie ins Feuer.

»Was machst du da?« sagte Oizo verblüfft.

»Ich habe zuviel geredet, und das ärgert mich«, sagte ›Graswürzelein‹. »Deshalb zerbrach ich den Krug.« Der Maler verstand sie nicht, reichte ihr ein Geldstück hin und sagte:

»Nimm dies einstweilen als Dank für deine Aufklärung. Ich gebe dir später mehr, wenn mir der Kaiser den Wildgänsesaal bezahlt hat.«

Und Oizo ging und packte seine Zeichnungen ein, um am nächsten Morgen nach Kioto zu reisen.
Aber ›Graswürzelein‹ warf, als er sich abwandte, das Geldstück in das Feuer des Ofens, geradeso, als wäre es eine Tonscherbe. Und als ihr Oizo Lebewohl sagte und ihr nochmals dankte, sagte sie:
»Warum soll ich dir Lebewohl sagen: Ich weiß ja doch, daß du wiederkommen mußt.«
»Das wäre nur ein Zufall, wenn ich wiederkäme«, sagte Oizo.
»Die Götter von Katata kennen keinen Zufall«, murmelte ›Graswürzelein‹ und blies in das Feuer. Der Maler ging nach Kioto und malte den Saal nach dem Gedankengang des Schriftzeichens auf silbergrauem Grund: den dämmernden Baum im Abend, die Hügellinie und grau und weiß die große Zackenschleife in der Luft, welche die fliegenden Wildgänse beschrieben. Wie Oizo noch am Malen war, kam einer seiner Kameraden, ein anderer Maler, der auch draußen in Katata gewohnt hatte, und lachte ihn aus, weil er sich immer so geheimnisvoll in den Saal einschloß, den er malte, und die andern nicht wissen lassen wollte, wie der Schriftzug des Gänsefluges hieße.
»Du machst dich lächerlich, daß du dich hier einschließt und nichts von der Welt wissen willst als nur deine Malerei. Komm heute abend mit mir in die Theaterstraße von Kioto. Ich verspreche dir, daß ein Besuch in der Theaterstraße deiner Malerei mehr nützen wird, als du glaubst.«
Oizo, der die Aufrichtigkeit seines Freundes kannte, gab diesem nach und ging mit ihm schweigend in der Nacht vom Bergtempel hinab über die Brücke in die Stadt zur Theaterstraße, wo erleuchtete Budenreihen und farbige Lampen waren und große Leinwandmalereien in der Nachtluft wie Fahnen flatterten und Szenen aus den Theaterstücken schilderten.
Verblüfft blieb Oizo am Eingang der Straße stehen. Da war ein Papierlaternenverkäufer. Der hatte Lampen aus ölgetränktem Pflanzenpapier, und auf jeder Lampe war das Schriftzeichen des geheimnisvollen Gänsefluges gemalt, das er aus Katata mitgebracht hatte, das Schriftzeichen der Wildgänse, des Hügels und des Baumes, von

dem er geglaubt hatte, daß es nur allein ihm, der Tochter des Töpfers und der Prinzessin bekannt sei.
Oizo schwieg und verbiß sich sein Erstaunen und dachte an irgendeinen spitzbübischen Verrat.
Nun kamen sie weiter, sein Freund und er, zu dem größten Theater in der Mitte der Straße. Da zeigten auch die Theaterbilder außen an der Zeltbude rund um die Zeltwand den Flug der Wildgänse. Zugleich kam ein Straßenverkäufer zu den beiden Malern und bot ihnen ein Spielzeug an: aus Seidenwatte gearbeitete kleine Wildgänse, die an einer Seidenschnur hingen und, durch die Luft geschleudert, in Schleifenform dahinflatterten. Ein Perlmutterarbeiter zeigte ihm Lackkästchen, darauf der Flug der Wildgänse über Baum und Hügel ging, und alle diese Dinge prägten das Schriftzeichen aus, das wie eine Liebeserklärung jene Wort sagte:
Ich liebe dich, wenn ich dir nachsehe. Aber du liebst mich nicht, weil du fortsiehst.
Ganz verstört, schwieg Oizo immer noch. Seine Stirn verfinsterte sich, und er blieb im Menschengedränge stehen und wollte seinem Freund entlaufen. Dieser hielt ihn am Ärmel fest und rief ihm zu:
»Laß dir doch erklären, woher ganz Kioto den Flug der Wildgänse und das Bild, das du malen willst, kennt.
Du weißt, ich wohnte in Katata bei einem Fruchthändler. Dessen Tochter brachte mir eines Tages in einer Porzellanschale einen kleinen Zwerggarten in mein Zimmer. Darin blühte ein ganz winziger Kirschbaum. Der Baum war nicht höher als mein halber Arm. Hinter dem Baum war ein künstlicher Hügel aus Erde. Diesen kleinen Garten stellte sie am Abend hinter einen weißen Papierschirm, auf welchem mit schwarzer Tusche kleine Wildgänse im Schleifenflug gemalt waren. Sie zündete eine Lampe hinter dem Schirm an, so daß der Schatten des Zwerggartens, des Baumes und des Hügels, auf den weißen Schirm fiel und sich darauf abzeichnete und Garten und Gänse ein einziges Schattenbild zu sein schienen. Aber zugleich konnte man das Ganze auch für ein Schriftzeichen halten.

Ich verstand sofort, daß sie mich liebte, und daß dieses Bild eine Liebeserklärung sein sollte.
Ich kümmerte mich nicht um ihre Erklärung, nachdem ich den gesuchten Wildgänseflug von Katata, der eine Liebeserklärung darstellt, so deutlich gesehen hatte, daß ich ihn malen konnte.
Ich wollte am nächsten Tag abreisen, ging aber am Abend noch ins Teehaus, wo ich fünf von unseren Malern traf. Dem einen hatte eine Tänzerin den Wildgänseflug von Katata bereits erklärt, dem andern ein Fischermädchen, bei dessen Vater er wohnte, dem dritten und vierten und fünften andere Mädchen von Katata, so daß wir alle merkten: das Schriftzeichen des Gänsefluges war ein öffentliches Geheimnis der jungen Mädchen in Katata und wurde immer angewendet, als Zeichnung auf einer Vase, als Wandschirmbild und so weiter, wenn ein Mädchen von Katata einem Manne eine Liebeserklärung machen wollte.
Wir hatten das bis damals in Kioto nicht gewußt. Aber jetzt kennen das Schriftzeichen des Wildgänsefluges von Katata alle Kinder von Kioto, weil alle Maler das Geheimnis verbreitet haben, alle, die in Katata waren. Auch der kaiserliche Hof weiß es längst, und die junge Prinzessin ist bereits von dem ganzen Hof als lächerlich erklärt. Der Kaiser und die Kaiserin sollen sehr ärgerlich sein, und du selbst wirst deinen Kopf verlieren, wenn du den Saal fertig gemalt hast und dir einbildest, von der Prinzessin geliebt zu sein.«
Oizo dachte einen Augenblick nach, dann lachte er und sagte: »Da ich die Prinzessin nicht liebe, wird mir der Hof doch nicht böse sein, weil ich den Wildgänseflug mit Lust an meiner Malerei malen wollte, und nicht mit Lust an der Liebeserklärung des Schriftzeichens.« »Doch, doch«, sagte sein Freund. »Du mußt fliehen, du mußt dich verstecken, bis der Tempel eingeweiht ist. Man wird den Saal der Prinzessin verschlossen halten und gar nicht zeigen. Aber du mußt fortbleiben, bis man die Liebeserklärung der Prinzessin vergessen hat.
Ich rate dir, nimm ein Segelboot und halte dich einen Monat lang

auf dem Biwasee versteckt. Auf dem weiten Wasser draußen wird dich niemand suchen, und du kannst den Booten ausweichen.«
»Ich trenne mich nur schwer von meiner Malerei«, sagte der Maler Oizo. »Aber du hast recht. Ich will fliehen und will mich verstekken, bis der Saal der Prinzessin vergessen ist.«
Oizo verließ Kioto noch in der selben Nacht, kaufte sich ein Boot, das er mit Nahrungsmitteln versah, und zog dann hinaus auf den See.
Aber die Tage waren unfreundlich: es war Vorfrühling. Viele Tage lang lagen die Nebel wie Binden vor Oizos Augen, und er sah nichts und hörte nichts im Nebel als das Knirschen seines Bootes.
Eines Tages ließ er sein Boot treiben und sagte zu sich: »Ich will aussteigen, wo das Boot landet. Wenn ich nicht malen kann, tötet mich die Langeweile. Ich will wenigstens wieder einmal malen dürfen. Und wo jetzt das Boot landet, weiß ich auch, werde ich ein Bild finden, das mir längst in der Seele vorgeschwebt hat.«
Das Boot des Malers trieb im Abend an den Strand von Katata.
»O unglücklicher Ort«, sagte Oizo. »Soll ich also wirklich das Bild der Wildgänse noch einmal malen? Ich will noch abwarten und sehen, was mit mir geschieht, wenn ich an Land steige. Die Götter haben das Boot gelenkt, die Götter werden auch meine Schritte lenken.«
Der Maler stieg ans Land und ging über den leeren Strand, auf dem kein Schilf wuchs, sondern nur die gelben Schilfstoppeln vom Vorjahr standen.
»Hier sang das Schilf im Vorjahr, als ich fleißig war und Fische malte. Jetzt ist der Strand faul und tot, vom Winter verdammt, so wie man mich zur Faulheit verdammt hat.«
Plötzlich bückte sich der Maler und hob eine unscheinbare Seemuschel auf, die blauirisierend und rotirisierend mit weißer Innenschale und schwarzer Außenschale wie eine Blume hier zwischen den leeren Kieselsteinen am Strand leuchtete. Oizo wendete die Muschel in der Hand hin und her, schüttelte den Kopf, hielt die Hand an die Stirn und dachte nach und meinte zu sich:

»Wo habe ich nur diesen blauirisierenden Schein neben dem rotirisierenden Feuerschein hier in Katata schon einmal gesehen? Ich weiß gewiß, daß es in Katata war, wo ich diese beiden Farben unvergeßlich nebeneinander sah.«

Wie er noch dachte und seinem Gedächtnis noch nicht auf den Grund kommen konnte, kam ein japanisches Mädchen hügelabwärts zum Seewasser hin. Sie trug auf dem Kopf einen flachen Korb und schüttete den Inhalt des Korbes, der wie Erde aussah, ungefähr zwanzig Schritte von Oizo entfernt in den See.

»Was machst du da?« rief der Maler ihr zu.

Das Mädchen sah sich nach ihm um, streckte plötzlich die Arme von sich, stieß einen zischenden Schreckenslaut aus, als ob sie einem Geist oder einem Gott ins Gesicht sähe, hüllte ihr Gesicht in ihre Ärmel, kniete am Seerand nieder und steckte ihren Kopf ins Wasser.

Oizo rief: »Haben denn die Götter dir deinen Verstand genommen, weil du dich ertränken willst, Mädchen?« Oizo sprang hin, und als er näher kam, sah er, daß das Mädchen sich eifrig das Gesicht wusch, und er erkannte an der einen Gesichtshälfte, die noch voll Ruß war, die Tochter des Töpfers, ›Graswürzelein‹, die aus dem Brennofen ihres Vaters die Asche in einem Korb an den See getragen hatte.

»Was machst du da?« fragte Oizo noch einmal. »Ich hätte dich beinah nicht erkannt, ›Graswürzelein‹, weil du zur Hälfte schwarz und zur Hälfte weiß bist.«

›Graswürzelein‹ prustete das Wasser aus ihrer Nase, wusch sich die andere Gesichtshälfte rein, und während sie sich mit dem Innenfutter ihres Ärmels Gesicht und Hände trocknete, fuhr sie den Maler ärgerlich an: »Ich wollte gar nicht, daß du mich erkennen solltest. Als ich dich hier so plötzlich am Strand stehen sah, nachdem ich die Ofenasche in den See geworfen hatte, und ich dir nicht ausweichen konnte, wollte ich mir den Ruß vom Gesicht waschen, damit ich dir unkenntlich bliebe. Denn du hast mich ja nur ein einziges Mal gewaschen gesehen.«

Und wirklich, Oizo konnte das weiß gewaschene Mädchen kaum erkennen.
»Du sagst, ich hätte dich nur einmal gewaschen gesehen? Ich habe dich immer nur schwarz gekannt.«
»Doch, doch«, nickte ›Graswürzelein‹. »Erinnerst du dich nicht, Meister, da ich dir auf einer Tonvase den Flug der Wildgänse von Katata beschrieb? Erinnerst du dich nicht? Es war im Mondschein. Du saßt auf dem Altan und ich am Ofen im Hof.«
»Du warst rot und blau beschienen«, sagte Oizo, »wie die Muschel hier, die mondblau und feuerrot in meiner Hand irisiert und leuchtet. Das ist das Bild, das ich hier malen will. Ich will dein Gesicht malen, blau vom Mond und rot vom Feuer beleuchtet. Und darum bin ich nach Katata gekommen.«
›Graswürzelein‹ lachte einen Augenblick. Dann aber wurde sie sehr ernst.
»Nein«, sagte sie und schüttelte den Kopf. »Du darfst nicht mehr in unser Haus kommen. Ich habe das Feuer zu schlecht geschürt, solange du da warst, und ich habe meinem Vater zu viele Tonvasen verbrannt.«
»Du hast noch einen Grund, den du nicht sagst«, meinte Oizo. »Die Tonvasen will ich deinem Vater alle bezahlen, während ich dich male. Rede und sage deinen Grund, warum ich nicht mehr in dein Haus kommen soll?«
›Graswürzeleins‹ Wangen erröteten, und sie hielt rasch ihre Hände an die Wangen, um die Wangenröte mit den Händen zu verbergen. Oizo sah staunend, wie schön das Mädchen war, und hörte, wie ihre Stimme wisperte und rhythmisch sang, während sie sprach, als ob das Schilf vom Vorjahr wieder um ihn sänge.
»Willst du nicht eine Bootsfahrt mit mir machen, ›Graswürzelein‹? Es kommt eine lauwarme Luft über den See, und die Abende sind schon lang und hell. Ich glaube, die Wildgänse müssen bald wiederkommen.«
»Ja, bei den Göttern, das ist wahr«, seufzte das kleine Mädchen. »Die Wildgänse möchte ich dir auf dem See zeigen, Meister.« Und ein

Lachen blitzte in ihren Augen, so wie die nassen, schwarzen Seekiesel blitzten. »Das ist die Luft der Wildgänse heute abend. Du hast sie nie vom See aus kommen sehen, Meister?«

»Nein, ich sah den Wildgänseflug nur vom Land, über Hügel und Baum.«

»Dann will ich ihn dir vom See aus zeigen«, nickte das Mädchen eifrig; und ihr blasses Gesicht und ihre zitternden Hände redeten schnelle Sätze, die sie nicht aussprach.

Sie kletterte vor Oizo ins Boot, ergriff die Ruder und ruderte, ohne ein Wort mehr zu sprechen, lenkte das Boot, ohne den Maler zu fragen, wohin er wolle. Oizo fühlte und verstand natürlich an der Röte und Blässe des Mädchens, daß sie eine Herzensregung verbarg. Er blieb lautlos sitzen und horchte auf sein eigenes Herz, das ihm bis an den Hals schlug. Denn das Mädchen wurde in seinen Augen immer schöner, und er hätte es gern umarmt.

Der Biwasee lag wie Öl so glatt, und auch die Luft war wie Öl. Als legte man zwei Spiegel aufeinander, so lag der Spiegel des abendlichen Vorfrühlingshimmels auf dem Spiegel des Sees.

›Graswürzelein‹ legte plötzlich die Ruder ins Boot und sagte: »Still! Sie kommen!« Und gleich darauf wiederholte sie: »Still! Sie kommen!«

Oizo wunderte sich, warum er denn still sein solle, da er nicht sprach. Er wußte nicht, daß seine Stimme fortwährend in den Ohren des Mädchens summte und ihr Blut unausgesetzt mit ihm redete.

Ihm selbst geschah jetzt das gleiche. Er fuhr auf und sagte: »Still! Sie kommen!« Denn auch er hörte das Mädchen in seinem Blut reden – sie, die kein Wort sprach.

Dann war es, als wenn Ruderkähne hoch in der Luft mit großen Ruderschlägen herbeiführen und als ob Mühlen sich drehten mit unsichtbaren Rädern. Und Laute, die nicht Musik, nicht Menschenstimmen und nicht Tierstimmen glichen, die aber feierliche Akkorde in die Stille über den See schufen, klangen irgendwo im unermessenen Abendraum, kreiselten, waren da, wurden im Abendgrau zu weißen fliegenden Erscheinungen, bildeten dann eine Kette über den Köpfen des Mädchens und des Mannes, zogen ein Spiegelbild im Wasser nach, wie eine Reihe weißer, winkender Tücher. Die weiße Geisterkette beschrieb eine weiße Schleife am Himmel und eine weiße Schleife im Wasserspiegel und verrauschte wie ein musikalischer Windton und hinterließ Atemzüge von Befremdung, von Sehnsucht, als wäre die Luft mit unerfüllten Wünschen noch lange nach dem Vorbeizug der Wildgänse von Katata angefüllt.

Es war jetzt so dunkel auf dem See, als wäre die Dunkelheit wie ein zweites Wasser aus der Tiefe gestiegen und stünde über den Köpfen der beiden Menschen im Kahn. Es war nur noch ein Rest der Tageshelle, klein wie ein durchsichtiges Ei, im Westen über dem Strand. Oizo konnte nicht ›Graswürzeleins‹ Gesicht sehen. Er tastete nach der Bank im Schiff, suchte ihre Hände, die er streicheln wollte. Aber sie hatte ihre beiden Hände in die weiten Ärmel ihres Kleides gewickelt, als hätte man ihr die Hände abgeschlagen.

»Gib mir deine Hände! Ich will sie dir wärmen, wenn du frierst. Oder fürchtest du dich vor bösen Seegeistern, daß sie dich an der Hand nehmen könnten? Hab keine Furcht ›Graswürzelein‹! Du bist zu schön. Alle Götter müssen dich beschützen. Auch die bösen Götter werden gute Götter, wenn du sie ansiehst.«

»Was willst du von mir?« sagte das Mädchen. »Habe ich dir nicht den Flug der Wildgänse über den See gezeigt? Hast du nicht ihre Schriftzeichen lesen können, ihre Schrift aus Himmel und Wasserlinie?«

»Die Liebeserklärung?« fragte Oizo.

»Die Liebesabsage«, flüsterte erregt und hastig die Tochter des Töpfers.

Und nun verstand Oizo, der Schriftzug hatte sich durch die Spiegelung, die im Seewasser dazukam, in ein anderes Schriftzeichen verwandelt; und wenn die Mädchen von Katata dieses einem Liebhaber zeigten, so war er abgewiesen. Die Fluglinie der Wildgänse im Wasser und am Himmel vom See aus gesehen, bedeutete in Sprachzüge übersetzt:

»Ich liebe nicht, daß du dich nach mir umwendest. Ich wende mich auch nicht nach dir um.«

Welch ein sonderbarer Zufall, daß der Wildgänseflug sich doppelt deuten ließ, je nachdem die Wasserspiegelungslinie sich einfügte oder nicht. Daß ›Graswürzelein‹ ihn liebte und ihn nur necken wollte, als sie ihm die Absage gab und ihn vielleicht zur Annäherung reizen wollte, begriff Oizo sofort, denn die Luft um sie und ihn war wunderbar geschwängert von Verlangen und schweigender Zuneigung.

Ohne sich zu besinnen, legte er seinen Arm um das kleine Weib und fand keine Abwehr. ›Graswürzelein‹ versteckte nur verschämt ihr Gesicht in des Malers Brustgewand. Oizo erzählte ihr rasch:

»Du weißt nicht, ›Graswürzelein‹, daß ich wie ein totes Holz draußen auf dem See seit Tagen herumtreiben mußte, daß ich es endlich nicht aushalten konnte, da mir das Land verboten war, weil ich vor der Liebeserklärung der Prinzessin fliehen mußte. Aber jetzt, seit ich die Doppeldeutung des Fluges der Wildgänse weiß, kann ich den Saal der Prinzessin fertig malen, wenn ich die Spiegellinie im Wasser hinzufüge. Und niemand im Land wird mehr sagen können, daß die Prinzessin sich lächerlich gemacht hätte, sondern daß sie sich unnahbar machen wollte, wie es einer Prinzessin geziemt. Alle sollen dann im Saal das Schriftzeichen lesen:

Ich liebe nicht, daß du dich nach mir umsiehst. Ich sehe mich auch nicht nach dir um.

Dann komme ich wieder und baue in Katata mein Haus. Und du sollst nicht mehr den Ofen deines Vaters schüren. Du sollst neben mir sitzen bei meinem eigenen Feuer. Und ich will dich malen, immer wieder malen, in dem Kleide des Vorfrühlings, am Strand, im Haus, im Mond, im Wasser, am Feuer. Und alle sollen sagen: das ist das glücklichste Mädchen von Katata. Sie ist auf allen Bildern im Vorfrühling gemalt, zur warmen Abendstunde, in der man den Flug der Wildgänse erwartet und verliebt sagt, auch wenn niemand redet:
Still! Sie kommen!«

Da wickelte ›Graswürzelein‹ ihre Hände aus den Ärmeln und umschlang Oizo.

Von Ishiyama den Herbstmond aufgehen sehen

Unter den zehn Teehausmädchen im Teehaus von Ishiyama war ›Hasenauge‹ eines der unscheinbarsten. Sie war nicht feurig, sie tanzte auch nicht sehr lebendig, sie schminkte sich unordentlich und trug die vier Schleppen ihrer vier Seidenkleider nicht in der richtigen Abstufung übereinander. Aber sie konnte Geschichten erzählen, kleine, winzige Geschichten, die nur fünf Minuten dauerten, aber fünf Tage zum Nachdenken gaben. Deshalb war sie in aller Unscheinbarkeit eine Kostbarkeit für das Teehaus in Ishiyama.
›Hasenauge‹ kannte dreitausend Geschichten allein über den aufgehenden Herbstmond, der, von Ishiyama gesehen, als eines der herrlichsten Schauspiele über dem Biwasee gilt.
Ich will drei dieser nachdenklichen Geschichten hier wiedererzählen, die alle den Herbstmond von Ishiyama teils als Hauptperson, teils als Hintergrund haben. Stellt euch vor, wir hätten eben in einem der kleinen Gemächer, im ersten Stock des Teehauses, auf den geglätteten Strohmatten des Fußbodens, auf dünnen, nur fingerdicken seidenen Kissen an der Diele Platz genommen. Die Schiebefenster zum See sind weit offen. Hinter dem roten Lackgeländer der kleinen Veranda liegt die Seeflut, wie ein Wasser, das bis ans Ende der Welt reicht. Zu beiden Seiten der Fenster zischeln Wassereschen. Ihre Blätter sind in der Abenddämmerung lang und schmal und flirren wie Libellenschwärme vor dem perlmutterfarbenen Seeglanz.
Es liegen auch ein paar Hügellinien hinter den Bäumen, die sind am Abend wie grünliche Glasglocken. Der Himmel ist spinnwebgrau und scheint hinter einem Zipfel des Sees leicht zu brennen, wie wenn man ein Streichholzflämmchen an einen Schleier hält. Die Helle kommt vom aufgehenden Mond, den deine und viele Augen jetzt auf den Altanen der Häuser von Ishiyama erwarten.
Vor dir auf der Diele stehen offene Lackschachteln. In diesen sind gebackene Fische, Reis, Makronen, Wurzelgemüse und Geflügel-

stücke soeben heiß vor uns aufgetischt. Elfenbeinerne Eßstäbe liegen wie lange Damenhutnadeln daneben; und ›Hasenauge‹, welche dir Gesellschaft leisten soll, verpflichtet sich, dir eine ihrer Geschichten vom aufgehenden Mond zu erzählen, ehe das Essen kalt ist, ehe sich der Essensdampf verflüchtigt hat und ehe die große goldene Mondscheibe so hoch über den Seerand gestiegen ist, daß sie die Seelinie losläßt. Dabei sollst du dazwischen von den zwei Eßstäbchen, die sie ergreift, und aus der dünnen Porzellanschale, die sie mit Reis und anderen Speisen füllt, von ›Hasenauge‹ selbst wie ein Kind immer mit ein paar Bissen gefüttert werden, und du bekommst aus einer Fingerhuttasse Tee und aus einer Fingerhuttasse Reisschnaps oder aus einem europäischen Glas japanisches Bier aus einer Flasche eingegossen, von bayerischen Brauern in Tokio gebraut. Vom Fenster kommt die Abendluft und der Fischgeruch des Sees herein, aber der parfümierte Puder von ›Hasenauges‹ weißgetünchtem Gesicht ist stärker als der Seegeruch.

›Hasenauge‹ erzählt:

Der König hatte einst in Hakatate im Norden Japans einem Fischzug beigewohnt, bei dem man unter anderen großen Fischen auch ein Meerweib fing. Aber nicht eines jener guten Meerfräulein, die am Strand mit den Fröschen und Unken singen, sondern ein Tiefseeweib, das noch nie an der Wasseroberfläche gewesen war, das nie Land, nie Sonne, Mond und Wolken gesehen hatte.

Das gefangene Meerweib hatte einen mächtigen Goldfischschweif statt der Füße, ihr Haar war schwarz wie Schreibtusche und ihre Augen rot wie Kaninchenaugen. Es war dem König geweissagt worden, daß er drei Nächte ein Weib lieben müßte, das weder Sonne noch Mond gesehen hätte. Deshalb war er zum Fischzug mit seinen Leuten nach Hakatate ausgezogen, hatte besonders große Netze auswerfen lassen, um ein Meerweib der Tiefsee zu fangen. Der König wird sein Reich verlieren, wenn er ein solches Weib nicht drei Tage lieben will, lautete eine alte Prophezeiung.

Aber damit, daß man das Weib gefangen hatte, war nicht die größte Sorge vom König genommen. Jenes Weib, das ihn mit den roten

Augen scheinbar blind ansah, das mit dem roten Schweif um sich schlug und ein paar Kähne des Königs zertrümmerte, jenes Weib, das nicht sprechen, nicht lachen und nicht seufzen konnte, drei Tage zu lieben – dies war eine so heroische Aufgabe, daß sich alle, die um den König waren, entsetzten.

Nur der König war ruhig, stellte sich am Ufer vor die Weisen seines Landes hin und fragte:

»Wie weit reicht meine Macht?«

»Deine Macht, o Herr, reicht über Himmel, Erde und Wasser.«

»Über alles, was darinnen ist?« fragte der König. »Über alles Männliche, was im Himmel, auf der Erde und im Wasser ist«, sagten die Weisen. »Nur das Weibliche läßt sich nicht regieren.«

»Gut, dann soll der Mond, der dort aufgeht, untergehen«, rief der König. »Wenn ich allen gebieten kann, dann soll der Mond nie mehr in meinem Reich erscheinen, ehe er mir geholfen hat, dieses Fischweib hier in ein Menschenweib zu verwandeln.«

Der König ließ das Fischweib binden und in sein Zelt legen, ließ Essen und Trinken in das Zelt stellen und ließ die Zeltvorhänge fest hinter sich zuschließen, so daß es finster im Zelt war wie in der Meerestiefe.

Die Weisen des Königs aber setzten sich mit des Königs Mannschaften rings um das Zelt draußen und waren sicher, daß der Mond nicht in dieser und in keiner Nacht mehr aufgehen werde. Aber der Mond kam wie immer und teilte sanfte Schatten und gelben Feuerschimmer über die Weisen und über das Zelt aus.

Der Mond kam auch in der zweiten Nacht und in der dritten Nacht. Am Anfang der vierten Nacht rief der König drinnen im Zelt, man solle die Zelttüren öffnen. Und der König trat heraus, und neben ihm an seiner Hand ging ein gesittetes schönes Weib. Das hatte Augen, so dunkel wie die mondleere Nacht, und hatte keinen Fischschweif, sondern zierliche Füße und war frisiert und in seidene Schleppenkleider gehüllt, wie es einer Königin geziemt.

Die Weisen waren erstaunt, daß der König ohne Hilfe des Mondes das Seeweib in ein Menschenweib verwandelt hatte. Denn während der Mond drei Nächte lang auf- und untergegangen war und sich nicht um den Befehl des Königs gekümmert hatte, hatten die Weisen drei Nächte lang für ihr Leben gezittert, weil sie des Königs Macht übertrieben hatten und in dem König den Glauben an eine Allmacht erweckt hatten, die er nicht besaß.

Jetzt aber waren die königlichen Weisen zufrieden, übertrieben des Königs Macht noch mehr und sagten zungenfertig: »O König, Eure Macht ist noch größer, als wir dachten. Ihr habt ohne Hilfe des Mondes das Meerweib in ein Menschenweib verwandelt.«

Der König antwortete ihnen nicht, führte das Weib zu seinem Boot und befahl, daß man die Segel lichte, um von Hakatate heim nach Süden zur Königsstadt zu ziehen und dort den Einzug der Königin zu feiern.

Auf dem roten Lackaltan des goldenen Bootshauses saß die neue Königin schweigend neben dem König, sie, die noch keine Sonne und keinen Mond hatte aufgehen sehen, sie, die von ihrem Menschenleben nur die Liebesumarmungen des Königs kannte, sie, die drei Nächte und drei Tage an des Königs Brust gelegen hatte und, von des Königs Wunsch und Sehnsucht durchdrungen, aus einem Meerweib in ein Menschenweib verwandelt worden war.

Ihre Haare hatten sich von selbst geflochten, um dem König zu gefallen; in der Finsternis hatten sich Kleider um sie gewebt, damit sie für den König geschmückt erscheine. Sie hatte sich aus ihrem Fischleib Füße gebildet, um dem König folgen zu können, denn das starke Herz des Königs hatte drei Nächte über ihr gelegen und hatte sechzigmal in der Minute das Wort »Liebe« zu ihr gesagt.

Von der Liebe jetzt verwandelt, sah die Königin noch nicht das schaukelnde Schiff und noch nicht des Königs Gefolge und noch nicht sich selbst. Sie ahnte noch nichts von ihrer Verwandlung und saß noch in liebestrunkenem Zustande unbewußt neben dem König.

Da tauchte, rot wie ein großer Berg aus rotem Lack, die Mondkugel aus der Meerestiefe und zog im Wasser einen feuerroten Widerglanz hinter sich her wie einen feuerroten Schweif.

Die Weisen des Königs, welche unter dem Altanrand des Bootshau-

ses in der Bootstiefe saßen, hätten sich längst gerne bei der Königin eingeschmeichelt, fanden aber noch keine passende Anrede. Jetzt warf sich einer der Weisen vor dem König nieder und rief:
»Seht, Herr, der Mond trägt die Farbe der Scham, weil er zu schwach war, Euch zu helfen.«
Nun hob die Königin die Augen, und der Mond warf seinen Schein wie eine Umarmung über sie. Und der König wurde fast eifersüchtig, daß jemand im Weltraum wagte, sein Weib anzurühren, das er sich selbst geschaffen hatte.
Aber ein anderer Weiser, der den ersten überbieten wollte, warf sich vor der Königin nieder und rief:
»Seht, der Mond, o Königin, hat, um Euch zu gefallen, den Fischleib angezogen, den Ihr abgelegt habt. Er hat Euren roten Schweif und Eure roten Augen angenommen, die der König in die Meerestiefe schickte.« Da ging über der Königin Gesicht ein zuckender Schreck; sie sah an sich herab und wußte nicht, wer sie verwandelt hätte, und sie erkannte sich als Menschenweib und schauderte über ihre Verwandlung.
Der König wurde über die Rede des Weisen vor Zorn rot wie die Mondscheibe.
Da warf sich rasch ein dritter Weiser vor ihm nieder, ihn und die verwirrte Königin zu beschwichtigen:
»Nein, hoher Herr, hohe Herrin, das ist nicht der Mond, den Ihr dort aufgehen seht. Das ist des Königs Herz, das nicht in des Königs Brust, sondern in des Königs Reich wohnt, des Königs Nachtherz, das abends rot aus dem Meere steigt, und das nur Euch gehört, o Königin. Aber der König hat auch ein Tagherz. Das werdet Ihr morgen früh sehen, o Königin. Das gehört uns, uns Weisen, denn es ist hell wie die Weisheit selbst und teilt Klarheit aus und nennt sich die Sonne.«
Als dieser Weise so gesprochen hatte, daß ihn keiner mehr überbieten konnte, zog er sich selbstzufrieden mit den anderen in die Bootstiefe zurück. Dort saßen sie in langer Reihe, jeder mit dem Kopf auf der Schulter des andern, und schliefen ein.

Der König aber legte seine Brust an die Brust der Königin, und während das Schiff mit gespannten Segeln durch die Nacht strich, nach Süden, umarmte der König die Königin wie ein brünstiger Adler.

Das Meer aber zischte und raschelte, als wären die Wellen bis an den Weltrand des Königs Flügel, und als schlügen sie laut an den Himmel, während der König die Königin umschlungen hielt.

Gegen Morgen wurde das Meer still. Der König schlummerte ein, und seine Arme ließen im Schlaf die Königin los. Diese richtete sich auf, als eben der Mond gelblich-grau vom Himmelsbogen herabstieg und im Meer verschwinden wollte.

Da des Königs Augen geschlossen waren und er schlief, erkannte ihn die Königin nicht mehr, denn sie hatte nie einen schlafenden Menschen gesehen. Weil auch die Weisen unten im Schiff sich nicht rührten und die Bootswachen lautlos unter dem Mast kauerten, glaubte sich die Königin ganz allein und verlassen. Und sie sprach zum Mond, der schon zur Hälfte im Meer versunken war, und den sie für des Königs Herz hielt:

»O Nachtherz, das mir gehört, ich will nicht des Königs zweites Herz erwarten, das den andern gehört. Ich will bei dir bleiben und mit dir gehen, wohin du gehst.«

Die Königin stand auf, trat an den Bootsrand und ließ sich ins Meer fallen und verschwand in der Flut. Als der König die Königin am Morgen nicht fand, versuchten ihn die Weisen mit ihrer Weisheit zu trösten und sagten:

»Die Prophezeinng lautete, o König, du solltest ein Meerweib drei Tage und drei Nächte lieben, aber nicht eine vierte Nacht dazu.«

Doch der König war erschüttert vor Trauer und wild und aufgebracht vor Verzweiflung über die Torheit der Weisen, die ihn nicht einen König hatten sein lassen, sondern ihn zu einem Gott hatten machen wollen. Denn ihm war klar: es hatte der Königin vor dem Tageslicht gegraut, das sie einsam machen sollte, weil die Weisen gesagt hatten, das Tagesherz des Königs gehöre nur der Weisheit und nicht der Liebe.

Eine furchtbare Wut überfiel den verlassenen Mann. Er riß mit einer Faust die Segel von den Tauen und wollte mit der andern Faust den Mastbaum ausreißen, um alle Weisen zu erschlagen.

Diese aber, erschrocken, heuchelten Demut und riefen: »O Herr, die Königin wird wiederkommen, wenn Ihr es befehlt, sobald der Mond heute abend aufsteigt. Ehe Ihr uns jetzt ungerecht umbringt, wartet wenigstens mit Eurem Urteil über uns bis zum Abend. Kommt die Königin nicht mit dem aufgehenden Mond, so könnt Ihr uns immer noch töten.«

Mit solchen Worten schläferten sie des Königs Wut ein, denn sein Schmerz war größer als sein Zorn. Und als er hörte, daß die Königin vielleicht am Abend wiederkommen könnte, glaubte er daran, wie jeder Liebende gern an Wunder glaubt. Und er hoffte, die Königin würde vielleicht als Fischweib am Abend wiederkommen und sich von ihm wieder in ein Menschenweib verwandeln lassen, wenn der Mond aufging.

In der Mittagshitze, als die Sonne aus dem Meer und aus dem Himmel zugleich brannte und der König auf einem Haufen Segeltuch am Bootsrand einschlief, schlichen sich die schlauen Weisen seines Landes an den Schlafenden heran und stießen den Haufen Segeltuch samt dem schlafenden König ins Meer. Denn alle hatten beratschlagt, daß sie den wütenden König noch vor Abend töten müßten, um nicht selbst getötet zu werden. Als die Sonne den König nicht mehr auf dem Deck sah, stieg sie früher als sonst von der Mastspitze herunter, und verwundert sahen die Weisen, daß der Tag schneller zu Ende war als je. In dieser Nacht warteten sie vergeblich auf den Mond. Es war kein Mondaufgang, und es schien eine endlose Nacht angebrochen zu sein; denn die Sonne ging auch nicht mehr auf zu der Zeit, da sie erwartet wurde.

Danach verwirrte sich die Weisheit in allen ihren Hirnen; die Weisen des Landes hatten die Liebe im Reich umgebracht, und mit der Liebe blieben Sonne und Mond aus dem Reich verschwunden. Denn die Liebe ist allmächtiger als die Weisheit. Alle, die im Boot waren, wurden wahnsinnig und stürzten sich ins Meer, dem toten König nach. –

So erzählte ›Hasenauge‹. Und bei den letzten Worten deutete sie mit den Eßstäbchen, mit denen sie dich bei der Unterhaltung gefüttert hatte, hinaus auf den Biwasee. Umgeben von einem gelben Dunstkreis, als hätte er einen gelben Ährenkranz auf dem Kopf, stand der Vollmondgott draußen am Fenster und trat seinen Rundgang an.

Wenn du dann aus dem Teehaus heimgehst, kann es einem Neuling, der ›Hasenauge‹ zum erstenmal erzählen hörte, vorkommen, daß er mit dem Mond in Streit gerät. Der Mond stellt sich quer über den Weg und fragt ihn:

»Nun, hat dir wirklich ›Hasenauge‹ während meines Aufgangs zwölf Geschichten erzählt?«

Zuerst sagst du ja. Du besinnst dich nicht, rechnest nicht nach und sagst: Ja, zwölf.

Der Mond lacht stolz über Ishiyama und freut sich.

Nach einer Weile rufst du den Mond, hinter einer Hausecke, an den Weg hervor und sagst:

»Es war nur eine Geschichte, aber es klang wie zwölf.« Da lächelt der Mond noch stolzer und freut sich noch mehr über Ishiyama.

Und wieder nach einer Weile, ehe du in dein Haus trittst, fragst du den Mond an der Türschwelle:

»Sag mal, wie kommt das, daß Fräulein ›Hasenauge‹ dreitausend Geschichten allein vom Mondaufgang über Ishiyama erzählen kann? Kommt es daher, daß du nirgends so schön wie am Biwasee aufgehst? Ich glaube, du bist Fräulein ›Hasenauges‹ Geliebter.«

Da rascheln alle Eschenbäume im Mond, und sie fragen dich:

»Hat dir Fräulein ›Hasenauge‹ heute ihre dreitausend Geschichten erzählt?«

»Ja, ungefähr dreitausend«, antwortest du, ohne dich zu besinnen.

Und am nächsten Abend geht der Mond über dem Biwasee bei Ishiyama noch geschichtenreicher auf als sonst. –

»Liebe und der aufgehende Mond machen das Haar wachsen. Darüber will ich dir gleich eine Geschichte erzählen«, sagte ›Hasenau-

ge‹ zu mir und reichte mir ein Schälchen frischen Tee und einen großen Brocken Pfefferminzzucker dazu und drückte mir eine kleine Prise frischen Tabak in die kleine, silberne Tabakspfeife. –
Als einer der schönsten Tempel in Kioto gebaut werden sollte, erwiesen sich alle Stricke, die den bronzenen Dachfirst auf die Gerüste hinaufwinden sollten, als zu schwach. Darum entschlossen sich alle die Tausende von Frauen in Kioto, dem Tempel ein Opfer zu bringen und ihr Haar dicht am Kopf abschneiden zu lassen, damit daraus Stricke für den Tempelbau gedreht würden. Es wurde auch wirklich ein dreihundert Meter langer Haarstrick aus den geopferten Haaren gedreht, und dieser schwarze Strick, der die Dicke eines Männerarmes hat, wird noch heute in einer Lacktonne im Tempel von Kioto aufbewahrt.
Die Frau eines japanischen Adligen, die auch ihr Haar zum Tempelopfer abgeschnitten hatte und die in jener Zeit schwanger war und nahe vor der Stunde des Gebärens stand, erschrak so sehr, als sie sich im Handspiegel sah und ihr Kopf ihr kahlrasiert entgegenglänzte, daß sie sich der Tränen nicht erwehren konnte.
Die Tempelgötter nahmen die Schwachheit dieser Frau übel und straften sie an dem Kinde, das sie gebar. Sie schenkten ihr ein kleines Mädchen, aber diesem wuchs nicht ein einziges Haar auf dem Kopf; und wie eine Elfenbeinkugel so glatt, weiß und haarlos blieb die Schädeldecke des Kindes.
Die Frauen von Kioto, denen allen daran gelegen war, daß ihr Haar bald wieder wüchse, und die wußten, daß der zunehmende Vollmond den Haarwuchs beschleunigte, taten sich zu Vollmondprozessionen zusammen und wallfahrteten in langen Zügen im Mondschein zu den verschiedenen Kiototempeln.
Jene adlige Dame nahm zu jenen Nachtprozessionen ihr kleines Mädchen mit in der Hoffnung, der Mond würde dem Kind Haare wachsen lassen. Aber die Prozessionen nützten nichts, und die Mutter war gezwungen, dem Kind Perücken machen zu lassen. Das Mädchen wurde damals von allen Leuten in Kioto ›Mondköpfchen‹ genannt, weil es so kahl war wie der Vollmond.

Als ›Mondköpfchen‹ verheiratet wurde, wußte der junge Mann, der sie zur Frau nahm, daß er eine kahlköpfige Frau heiratete. Aber es lag ihm nichts daran, denn er hatte ›Mondköpfchen‹ immer in schöner, gutsitzender Perücke gesehen. Und er hatte sich keine Gedanken darüber gemacht, wie eine kahlköpfige Frau ohne Perücke aussehen kann.

Die Hochzeitsnacht verlief, wie die meisten Hochzeitsnächte, für die beiden Neuvermählten mit geschlossenen Augen, und das Liebesglück ward nicht gestört. Aber schon in der zweiten Nacht verschob der junge Ehemann erst zufällig, dann scherzend Mondköpfchens schwarze Perücke. Er spaßte und schob sie ihr bald auf das linke Ohr, bald auf das rechte, bald auf die Nase, bald auf den Nakken zurück, und er kollerte sich neben seiner jungen Frau vor Lachen. Immer wenn die Frau ernst und liebend ihre Arme ausbreitete, juckte den Mann ein Kobold an den Fingern, so daß er der Perücke erst jedesmal einen kleinen Puff gab, ehe er seine Frau in die Arme schloß.

Dieses geschah in der zweiten Nacht. Aber in der dritten war es überhaupt nicht mehr zum Aushalten. Der junge Mann setzte sich selbst die Perücke auf, so daß die Frau böse wurde, nicht mehr im Zimmer bleiben wollte und sich auf den Altan setzte. Es war dunkel draußen, und er lief ihr mit einem Licht nach. Als er sie perückenlos mit hellleuchtendem Schädel am Altanrand sitzen sah, prustete er vor Lachen, kollerte ins Zimmer zurück und rief:

»Ich habe den Vollmond geheiratet.«

Bisher hatte ›Mondköpfchen‹ ihren Namen immer harmlos hingenommen und sich nie darüber erschreckt. Aber nun brach sie in Weinen aus.

Am dritten Tag nach der Hochzeit ist es in Japan Sitte, daß die Frau ihre Eltern besucht. ›Mondköpfchen‹ ließ sich am nächsten Morgen in einer Sänfte in ihr Vaterhaus tragen, weinte sich bei ihrem Vater und ihrer Mutter aus und wollte nicht mehr zu dem Mann zurückkehren, der mit ihrer Perücke spielte und statt der Liebe Gelächter über sie ausschüttete.

Aber Vater und Mutter überredeten ›Mondköpfchen‹, wieder zu ihrem Mann zurückzukehren, und versprachen, alles daranzusetzen, ein Mittel ausfindig zu machen, damit ihre Haare wüchsen. Sie sollte sich nur noch eine kurze Wartezeit auferlegen.
›Mondköpfchens‹ Eltern hatten diesen Rat nur aus Verzweiflung gegeben und mußten jetzt selbst weinen, als ihr Kind zu seinem Mann zurückgekehrt war; sie waren ratlos.
Plötzlich sagte die alte Frau zu ihrem Mann: »Ich weiß, womit ich die Götter jetzt versöhnen kann. Ich will mein Haar zum zweitenmal abschneiden und es den Tempelgöttern opfern. Die Götter sind gut und geben mir dann einen Rat für unser Kind.«
Die Frau tat so und trug ihr ergrautes, abgeschnittenes Haar, zu einer kleinen Schnur geflochten, in den Tempel der tausendhändigen Kwannon und band dort die Haarschnur um das goldene Handgelenk der tausendfach segenspendenden Göttin.
Die Götter versöhnten sich danach mit ihr und gaben ihr in der Nacht einen Rat. Die Frau hörte im Traum eine Stimme, die sagte:
»Liebe und Vollmond lassen die Haare wachsen. Schicke dein Kind nach Ishiyama. Wenn es dort den Herbstmond aufgehen sieht, werden Liebe und Mond deinem Kind ein schönes Haar schenken.«
Die Mutter erzählte den Traum ihrer Tochter, und ›Mondköpfchen‹ glaubte begeistert an die Weissagung. Und ›Mondköpfchens‹ Mann, der immer noch lachte, sagte wenig rücksichtsvoll zu seiner jungen Frau: »Reise nur nach dem Biwasee und laß dir dort Haare wachsen. Ich muß mich hier inzwischen von dem Nachtgelächter erholen.«
›Mondköpfchen‹ reiste an den Biwasee.
Im aufgehenden Mondschein sahen die Bewohner von Ishiyama die kahlköpfige junge Frau auf dem Balkon des Rasthauses sitzen, wo ›Mondköpfchen‹ Wohnung genommen hatte. Die frommen Bewohner des Seeortes nannten sie nur die elfenbeinerne Heilige, weil ihr haarloser Kopf wie vergilbtes, altes Elfenbein in der Abenddämmerung leuchtete. Viele lenkten abends vom See her ihre Kähne am

Rasthaus vorbei um die bleiche, stille Frau auf dem Altan unter den Sykomorenbäumen sitzen zu sehen, und jeder, der sie sah, dachte sich eine Geschichte über sie aus.

Ein junger Adliger, der ein Landhaus in der Nähe von Ishiyama hatte, hörte durch seine Leute von der fremden Frau, die Abend für Abend den aufgehenden Herbstmond von Ishiyama erwartete. Und er richtete es so ein, daß er am Spätnachmittag in einen der Sykomorenbäume am Ufer stieg, wo er, hinter Ästen verborgen, ›Mondköpfchen‹ beobachten konnte, die wie ein Götterbild regungslos im Mondschein saß und sich Liebe und Haare wünschte.

Bald danach erhielt die junge Frau von dem jungen Adligen ein Gedicht gesandt, das war mit Goldtusche auf Purpurpapier geschrieben. Das Gedicht erzählte von einem Sykomorenbaum, der ein Mensch werden wollte, um zu ihr zu kommen und neben ihr auf dem Altan zu sitzen.

›Mondköpfchen‹ freute sich aufrichtig über das schwärmerische Gedicht. Und als sie wieder im Mondschein saß und mit der Hand über ihren Kopf strich, fühlte sie zu ihrem Entzücken die ersten Haarspuren, denn sie sehnte sich in dieser Nacht sehr nach ihrem Mann zurück.

Am nächsten Tag erhielt sie einen Brief, der sagte ihr: »Ich bin ein Mann, der Dich liebt, und möchte Dich bald vom Altan holen. Laß Dich entführen, schöne Frau.«

In dieser Nacht sehnte sich ›Mondköpfchen‹ noch mehr nach ihrem Mann, und ihre Haare wuchsen einen Arm lang, und am Morgen reichten sie ihr bis zum Gürtel. In der nächsten Nacht wuchsen sie ihr beim aufgehenden Mond bis zu den Knien.

›Mondköpfchen‹ empfing in dieser Nacht einen dritten Brief, der sprach:

»Ich weiß, daß Du einen Mann in Kioto hast. Liebe mich, so werde ich ihn töten.«

Da erschrak ›Mondköpfchen‹, ließ sich noch in derselben Nacht in einem Kahn über den Biwasee fahren und reiste nach Kioto und zeigte sich und die Briefe ihrem Mann.

Als der Mann seine Frau im prächtigen Haar vor sich sah, wurde er still, und seine Augen wurden dunkel vor Bewunderung. Und als er die drei Briefe gelesen hatte, wurden seine Augen finster, seine Arme breiteten sich aus, und sein Mund, der nicht mehr lachte, sagte: »Komm in meine Arme, wenn du mir jetzt noch treu sein willst, seit du so schön bist, und wenn du mir verzeihen kannst, daß ich gelacht habe, als du noch nicht so schön warst. Willst du mir aber eines Tages die Treue brechen, dann tue es lieber jetzt und gehe zu dem Mann, der die Briefe geschrieben hat, damit er mich tötet. Denn wenn du mich jetzt verläßt, hat mich schon mein Leben verlassen, und der Tod ist dann nur eine Zeremonie, die ich nicht spüren werde.«

›Mondköpfchen‹ setzte sich auf die Diele vor ihren Mann nieder und begann den Tee zu bereiten. Das bedeutete, daß sie ihn für immer lieben und ihm treu bleiben würde und ihm verziehen hätte. –

Und Fräulein ›Hasenauge‹ lächelte ungläubig und erzählte eine neue Geschichte.

Ein Spielzeugverkäufer, ein Schilfmattenflechter und ein Holzkohlenhändler saßen eines Abends, ehe der Vollmond über Ishiyama aufging, am Rande der Landstraße nach Ishiyama. Der Spielzeugverkäufer hatte an einer langen Stange ein Bündel Spielsachen hängen, meist aus Watte gearbeitete große Insekten, ungeheure graue und silberne Riesenspinnen, grüne und braune Grashüpfer und Heuschrecken, riesige Libellen mit farbigen Flügeln aus Gelatinepapier.

Der Schilfmattenflechter trug ein großes Bündel zusammengerollter, feingeflochtener Schilfmatten auf dem Rücken. Das sah in der Abenddämmerung aus, als trüge er lange Kanonenrohre.

Der Kohlenhändler trug einen Korb auf dem Kopf, den er im Gehen balancierte. Drinnen im Korb unter einem Tuch war die feinste Holzkohle, die er selbst zubereitet hatte.

Im Straßengraben sitzend, an welchen das Schilf vom See her heranreichte, erzählten sich die drei Kriegsgeschichten. Der eine, der Spielwarenhändler, behauptete, er wäre bei der Einnahme von Pe-

king dabeigewesen. Der Schilfmattenflechter behauptete, er hätte mit vor Port Arthur gelegen. Der Kohlenhändler behauptete, er wäre auf einem Schlachtschiff im Chinesischen Meer Heizer gewesen. Aber alle drei verstanden vom Kriegshandwerk so wenig, wie eine Katze vom Neujahrsfest.
Und ihre Erzählungen waren so drollig, daß ganz Japan sie lachend immer noch weitererzählt.
Der Spielwarenhändler sagte: »Als wir die Stadtmauern von Peking sahen, liefen unsere Augen wie Spinnen über die Ebene von Peking, unsere Füße hüpften wie Heuschreckenbeine über die Mauerwälle, unsere Bajonette, Säbel und Kugeln flogen wie surrende Libellen über die Chinesen her. Aber das war alles umsonst. Ihr wißt: wenn man den Chinesen sticht, haut oder vierteilt, ist dies geradeso unnütz, als wenn man gegen den aufgehenden Vollmond streitet. Die Chinesen stehen immer wieder gesund und unverwundbar vor dir, denn jeder hat Tausende von Körpern ineinander geschachtelt, so wie es Spielzeugschachteln gibt, von denen Hunderte ineinander passen.«
»Womit habt ihr denn die Chinesen umgebracht wenn sie nicht zu erschießen und nicht zu erschlagen sind?« fragte der Schilfmattenflechter.
Der Spielzeughändler blähte sich auf wie eine Schweinsblase, die ein Kinderluftballon werden will.
»Oh, wir haben ihnen allen den Rücken gewendet, so daß die Chinesen keines unserer Gesichter sahen und nicht sahen, wie wir lachten, und haben unsere Gewehre in die Luft abgeschossen, in die Wolken und in den blauen Himmel und haben mit den Bajonetten und den Säbeln in die Luft gestochen und haben nicht gegen die Chinesen, sondern gegen den Himmel gekämpft.
Da hat die Chinesen, die Söhne des Himmels, ein großer Schreck erfaßt, als sie sahen, daß wir ihren Himmel angriffen. Tausende starben vor Erstaunen, Tausende vor Entsetzen, und Tausende kamen auf den Knien zu uns gekrochen und hatten die Tore zur himmlischen Stadt Peking geöffnet, damit wir ihre Väter und Götter im Himmel nicht bekriegten.«

»Das ist drollig«, sagte der Schilfmattenhändler. »Aber gegen die Russen hättet ihr nicht so kämpfen dürfen. Die Russen haben von den Knien abwärts Kanonenrohre statt der Füße, und immer, wenn sie ein Bein heben, können sie mit dem Bein auf dich schießen. Sie heben ihre Beine in die Luft, geradeso wie meine zusammengerollten Matten lang in die Luft gucken. Und sie brauchen nicht zu zielen, denn ihre Füße haben Augen, die sie Hühneraugen nennen, und diese zielen für sie. Und während ihre Beine gehen und schießen, haben die meisten Essen und Trinkflasche in den Händen und füttern und tränken jeder sein Maul. So bleiben sie immer stark und kommen nie von Kräften und sind unbesiegbar.«

»Ja, wie habt ihr sie denn besiegt, die Russen?« fragte der Kohlenhändler.

»Oh, das war ganz einfach. Das sagt einem jeden doch der helle Verstand, wie man einen Russen besiegt. Nur ein Kohlenhändler wie du kann so dumm fragen, als ob du Kohlenstaub in deinen Augen hättest und nicht wüßtest, daß wir die Russen besiegt haben.

Der Russe läßt doch immer nur seine Beine geradeaus marschieren und schießen, aber seine Augen im Gesicht sehen nichts als das Essen und Trinken vor dem Maul. Darum, wenn die Russen aus Port Arthur auf uns losmarschierten mit ihren schießenden Beinen, stellten wir uns ruhig zu beiden Seiten des Weges auf und ließen sie ruhig an uns vorbei. Dann gingen wir hinter ihnen her, jeder faßte einen Russen am Gürtel und drehte ihn einfach wieder gegen Port Arthur um, in der Richtung auf das Meer zu. Da sie einmal im Gehen waren und sich im Fressen und Saufen nicht stören lassen wollten, marschierten sie auf Port Arthur zurück und liefen dort über die Kaimauern ins Meer, wo sie ertranken. Die Armeen aus der Mandschurei aber, die aus dem Norden kamen, drehten wir nach Norden um, so daß sie ruhig zur Sibirischen Eisenbahn zurückmarschierten. Und die Eisenbahnbeamten, im Glauben, der Krieg sei beendet und die Russen seien Sieger, fuhren die fressenden und saufenden Armeen nach Petersburg zurück, wo sie dann einzogen, immer noch in dem Glauben, daß sie die Sieger wären. In der Zeit besetzten wir die ganze Mandschurei, und das soldatenleere Port Arthur war unser.«

»So einfach war es aber doch nicht«, sagte der Kohlenhändler, »denn erst mußten wir die russische Flotte zerstören, wobei ich einer der Haupthelden war.«

»Erzähle!« sagten die beiden anderen Helden.

»Da ist nichts zu erzählen. Das war die allereinfachste Sache von der Welt, die russische Flotte zu vernichten«, wisperte der Kohlenhändler bescheiden wie eine Feldmaus. »Eines Morgens dachte ich mir: heute zerstöre ich die russische Flotte, denn ich hatte Sehnsucht nach meiner Frau, und nichts als die russische Flotte hinderte mich, zu meiner Frau zu reisen.

Ich steckte mir eine Schachtel Streichhölzer ein, ein paar japanische Zeitungen und ein paar Stückchen Holzkohle. Ich schwamm von meinem Schiff an die Hafenmauer von Port Arthur heran, zündete mir ein Pfeifchen an, setzte mich auf einen Klippenstein und fabrizierte aus meinen japanischen Zeitungen kleine Papierschiffe, wie sie die Schulkinder am Biwasee machen. In jedes Schiffchen steckte ich ein Stückchen Kohle, das war der Schornstein des Schiffes; manche hatten auch zwei und vier Schornsteine. Die Kohlenstücke zündete ich an, und dann ließ ich meine Schiffe mit dem Südostwind auf Port Arthur los, und sie zogen an der Hafenmauer entlang. Meine kleine Papierflotte wurde augenblicklich von allen Leuchttürmen und Fernrohren auf den Leuchttürmen, dem Admiral der russischen Flotte signalisiert. Die russische Flotte verließ sofort in Schlachtreihen den Hafen und umzingelte meine Zeitungspapierflotte. Tausende von Schüssen hallten aus den russischen Schiffsbäuchen, und als sich der Rauch verzog, war natürlich meine Papierflotte untergegangen. Auf allen Rahen und auf allen Masten stellten sich nun die russischen Marinesoldaten in Parade auf, um dem sieghaften russischen Admiral ein dreifaches Hurra für seinen Sieg auszubringen.

Auf diesen Augenblick hatte ich nur gewartet. Denn ich wußte, die Russen hatten ihren Mut mit Schnaps angefeuert, und es mußte

beim Siegesschrei der Tausende und Tausende von Soldaten eine Wolke von Alkoholgasen in der Luft entstehen, und diese Wolken konnte ich mit einem einzigen Streichholz in Brand setzen.
So war es auch. Das erste Hurra ließ ich sie zum Vergnügen schreien. Aber bei dem zweiten Hurra wäre ich beinahe selbst erstickt – so sehr stank die Luft nach Alkohol.
Kaum flackerte das Streichholz auf, so entzündete sich über dem Meer die Alkoholwolke, und eine Flamme pflanzte sich fort von Schiff zu Schiff; Mannschaften und Schiffe, vom Alkoholdunst erfüllt, explodierten unter Gekrach. Später sagten die Russen uns nach, wir hätten mit Stinkbomben geschossen und mit griechischem Feuer. Und es war doch nur ihr Alkoholatem, der die ganze Flotte verbrannt hat, als ich mein Streichholz anzündete.«
»Ja, sag mir aber«, fragte mißtrauisch und kleinlich der Spielzeughändler, »sag mir, Kriegskamerad, wie konntest du die Streichholzschachtel trocken erhalten, als du von deinem Schiff nach Port Arthur geschwommen bist?«
Auch der Schilfmattenhändler nickte heftig und ungläubig und bezweifelte gleichfalls, daß eine Streichholzschachtel beim Schwimmen trocken bleiben könnte. »Habe ich euch denn nicht gesagt«, fuhr der Kohlenhändler sie grob an, »daß ich an diesem Morgen Sehnsucht nach meinem Weibe hatte? Wißt ihr nicht, was Sehnsucht bedeutet? Sehnsucht haben, heißt so heißes Blut kriegen, daß alles ringsum verdorrt.«
»Ja, dann verstehen wir, daß deine Streichholzschachtel im Gürtel nicht naß wurde, wenn du Sehnsucht nach deinem Weib hattest, Kriegskamerad«, nickten der Spielzeughändler und der Schilfmattenverkäufer dem Holzkohlenhändler zu.
Der Vollmond war inzwischen langsam aus dem Schilf gerollt, betrachtete sich breit lachend die drei Oberhelden und erzählte die Geschichte in ganz Japan weiter.

Das Abendrot zu Seta

Ein japanischer Winter am Biwasee ist nicht so kalt und nicht so schneereich wie die meisten deutschen Winter, aber doch liegt oft fußhoch eine weiße Schneerinde am Seerand, auf den Hausdächern und in den Gabeln der Bäume. See und Himmel sind dann vom Winterdunst eingewickelt. Der See liegt wie ein dunkles Zelt im Nebelrauch, und wie weiße Insektenschwärme kommen die Schneeflocken an. Ihr kreiselnder Tanz im Wind ist im Wintertag das einzige Leben am See, dessen Spiegel blind ist, auf dem sich kein Segel zeigt, dessen Schilffelder abgemäht sind und der einer Wüste aus grauem Basalt ähnelt.
Die Japaner tragen in der weißen Jahreszeit drei bis vier wattierte graue und bräunliche Seidenkleider übereinander. Sie kennen keine Öfen. Nur eine kleine Kohlenglut in einem Messingbecken wärmt die hingehaltenen Fingerspitzen. Aber die Japaner haben viel Eigenwärme in sich. Sie sind gewöhnt an den Verkehr mit offener Luft in luftreichen, leichten Bambusholzhäuschen, hinter dünnen Papierwänden und Papierscheiben, gekleidet in den drei anderen Jahreszeiten in luftige Seiden- und Kreppstoffe, und eingehüllt in das bequeme Schlafrockkostüm, das den Gliedern Spielraum zur Eigenbewegung läßt. So sind sie ein gesundes, warmblütiges Volk geblieben. Die Seele der Japaner ist ebenso warmblütig wie ihre reinlichen, gutgelüfteten und leeren Papierzimmer. Keine Möbelstücke sind in ihren Zimmern, der saubere Strohmattenboden des Gemaches muß alle Möbel ersetzen. Er stellt Tisch, Stuhl, Sofa und Sessel dar, ist handdick, aus dünnstem, feinstem Rohrmattengeflecht, ist nachgiebig, leicht elastisch, und du darfst ihn nur mit Strümpfen, nie mit Schuhen betreten. In diesen leeren Gemächern, deren Wände leicht getönte Bambusstrohfarbe, mehlweißes Papier oder gelbliche Naturhölzer zeigen, hebt sich das Menschenantlitz ab wie ein Porträt auf ungestörtem Hintergrund; und die Gesten der Menschen in

diesen leeren Gemächern werden in den kleinsten Bewegungen wichtig und bleiben deiner Erinnerung eingeprägt wie die Schriftzüge auf weißem Papier.

Als farbiger, natürlicher Zimmerschmuck stehen in den offenen Schiebetüren die Ausblicke auf die maigrünen, sommergelben, herbstbraunen und winterblauen Landschaftsbilder, der Flug vorüberziehender Vögel, wandernde Wolken und Menschen. Unwillkürlich befürworten die leeren, farblosen Gemächer die Liebe zur farbigen Außenwelt. Die Welt, die immer im Türrahmen erscheint, wenn eine Schiebetür sich öffnet, wirkt im leeren Zimmer doppelt lebhaft als Landschaft oder als Mensch, der zu Besuch kommt; jeder Mensch wird zum lebenden Bild, wenn er sich zu dir auf die Leere der Diele zwischen die leeren Wände setzt. Man kann sich leicht denken, daß sich dann alle Landschaftsreize steigern und den Hausbewohnern so wichtig werden wie einer europäischen Hausfrau die Möbelstücke.

In den leeren Gemächern von Seta am Biwasee ist das Abendrot vor den Türen zu Seta eine Berühmtheit geworden, und das Abendrot von Seta gesehen haben, ist wie Bienenhonig dem Ärmsten und verspricht dir noch nach langen Jahren einen sanften Tod.

In Seta lebte die Frau eines verarmten Adligen. Ihr Mann war im Krieg gegen die Europäer gefallen, ebenso ihre zwei Söhne. Diese Frau reiste öfters im Sommer oder im Frühling zur Kirschblütenzeit nach Kioto oder nach dem Wallfahrtsort Nara oder nach den heiligen Tempeln von Nikko, um dort im Gebet in den Tempeln, an heiligen Orten, ihrem Mann und ihren zwei Söhnen näher zu sein.

In Kioto, im Tempel der fünftausend Kriegsgenien, stehen in den zehn langen Reihen je fünfhundert aufrechte, goldene Götter. Jeder Gott hat zwanzig bis dreißig Arme, schwingt Speere und Schwerter; und man sagt: sollte Kioto einmal von Feinden angegriffen werden und in höchster Not sein, dann ziehen die fünftausend Götter aus der langen, hölzernen Tempelhalle aus und werden die alte Kaiserstadt verteidigen.

In diesen Tempel ging die verwitwete Frau am liebsten, denn dort

traf sie im Gebet ihren Mann. Wenn sie vor den fünftausend Götterbildern niederkniete, sprach er in ihr Ohr wie ein Lebender. Die feuerrote, düstere und fensterlose Lackhalle, darinnen die fünftausend goldenen Götter nur von den riesigen, offenen Türen beleuchtet wurden, gab der Witwe ein aufregend wohliges Gefühl. Wenn sie über die hunderttausend goldenen Speere und Schwertspitzen schaute, glaubte sie ein Kriegsgetümmel vor sich zu sehen. Von den zehn Reihen der Götter steht immer eine Reihe höher hinter der anderen, so daß man sich vor einem Berg von Lanzen, Schwertspitzen, goldenen Armen und goldenen Heiligenscheinen befindet, als strömten dir goldene Götterscharen bergab entgegen. Als die Frau eines Tages wieder im Gebetstaumel die Halle verließ, sah sie draußen auf dem Bretterweg, der an der hundert Fuß langen Halle entlangführt, einen Mann stehen, der sich, wie das die Japaner öfters tun, hier im Bogenschießen übte. Der Mann glich auffallend ihrem toten Gatten. Am einen Ende des Bretterweges stand der Schütze mit dem altmodischen, mannsgroßen Bogen, am anderen Ende des Bretterweges war die weiße Scheibe angebracht, und an der ganzen Tempellänge entlang surrte der Pfeil des Schießenden. Wenn jetzt auch allgemein das Gewehr in Japan eingeführt ist, üben sich einige Japaner noch zum Vergnügen im Bogenschießen, und besonders ist der Bretterweg am Tempel der fünftausend Kriegsgenien ein beliebter Übungsplatz in Kioto.
Die Frau zitterte vor Erregung, als sie den Schützen sah, der das getreue Abbild ihres gestorbenen Mannes war. Ihr Auge hatte einen unwiderstehlichen, leidenschaftlichen Ausdruck, und ihr ganzer kleiner Körper wurde wie ein Stück Magneteisen und zog den Mann nach sich, den sie anschaute.
Sie blickte den Schützen an, trat rückwärts wieder in die Tempelhalle zurück und ging an der untersten Reihe der Genien entlang, genau wissend, daß der Schütze Bogen und Pfeile wegstellen und ihr nachfolgen müßte. Sie kam in das dunkle Ende der Halle, wo Holztreppen, ähnlich Leitern, verstaubt, uralt und düster, zu einer dunklen Holzgalerie führen, die sich hoch unter dem Dach des

Tempels über den fünftausend Genien hinzieht. Der Mann, der ihr gefolgt war, kam leise die dunkle Stiege herauf. Sie kauerte auf der obersten Stufe nieder und wollte ihn vorübergehen lassen. »Deine Augen können surren wie Pfeile«, sagte der Mann und blieb neben ihr stehen.

»Du siehst meinem verstorbenen Mann ähnlich«, sagte die Frau. »Deswegen habe ich dich angesehen.«

Der Mann atmete schwer. Er senkte den Nacken und flüsterte rasch: »Wenn dich dein Mann so gern umarmt hat, wie ich dich jetzt hier umarmen möchte ...«

Er sprach den Satz nicht fertig, faßte die Frau flink wie ein Affe eine Äffin, und die harte Tempeldiele wurde ihr Liebeslager.

Danach sagte die Frau leise:

»Was haben wir getan? Wir sind im Tempel der fünftausend Genien!«

»Wollust schändet keinen Tempel«, antwortete der Mann. »Fünftausendmal will ich dich hier umarmen. Fünftausendmal wollen wir uns hier treffen.«

Die Frau schauderte vor Glück. In die geheimnisvolle Tempelluft und Tempeldunkelheit schienen außer den fünftausend Kriegsgöttern fünftausend Liebesgötter eingedrungen zu sein. Und sie sagte zu dem Mann:

»Wir wollen nicht wissen, wie wir heißen, wir wollen nicht wissen, wo wir wohnen. Wir wollen nicht verabreden, wann wir uns treffen. Wir wollen es den fünftausend Genien überlassen, daß sie unsere Wege zusammenführen. Und immer, wenn wir uns zusammenfinden, wollen wir nichts versprechen und nichts fragen und uns nur umarmen, wie wir uns hier umarmt haben.

Ich will nicht wissen, ob du ein wirklicher Mensch bist oder nur eine Erscheinung, ähnlich meinem Mann. Ich will dich genießen wie die Abendröte, die jetzt über die Türschwelle dort tritt und die wirklich und unwirklich ist zugleich.«

Die beiden hielten ihre Verabredung. Die Frau änderte nicht ihre Reisen und ihre Wallfahrten nach den anderen Wallfahrtsorten. Und nachdem sie monatelang in Kioto täglich zu den verschiedenen Stunden den Tempel der fünftausend Genien besucht und täglich den Schützen dort getroffen, umarmt und geliebt hatte, reiste sie nach dem Wallfahrtsort Nara, ohne ihrem Geliebten bei ihrer Abreise ein Wort zu sagen.

In Nara war es Hochsommer. Die Wiese vor dem großen Zedernwald, darauf die feuerrote, sechseckige Pagode steht, war umwimmelt von weißen, blauen und gelben Schmetterlingen. Im Wald bei den rotbraunen, senkrechten Zedernstämmen stehen, dichtgedrängt wie Grabdenkmäler in einem Kirchhof, Steinlaternen in Gruppen und Gassen und begleiten alle Waldwege, dichtgedrängt wie versteinerte Völker. Schwarzbronzene Hirsche, von Künstlern als Statuen gegossen, ruhen auf Steinsockeln. Aber auch Hunderte von lebenden Rehen und Hirschen gehen in großen Rudeln zahm auf allen Wegen, zahmer als Hühner in einem Hühnerhof.

Als jene Frau mit dem Bahnzug nach Nara kam, stand ein großes Gewitter über dem Wald. Aber sie fürchtete sich nicht, nahm am Bahnhof einen Rikschawagen, fuhr bis zum Eingang des Waldes und schickte den Wagen zurück.

Hier in Nara betete die Frau meist zu ihrem ältesten Sohn und kniete viele Stunden in der Halle des großen Daibutsu, welches eines der riesenhaftesten Buddhabilder Japans ist.

In einem roten, mächtigen Holzbalkenhaus sitzt der haushohe Buddha, alt und schwerfällig geschnitzt, bräunlich vergoldet auf einer ungeheuren Lotosblume. Sein runder Kopf reicht bis unter das Dach des Tempels. Drei haushohe Flügeltüren stehen offen. Aber das Licht von den Wiesen draußen kann den mächtigen Kopf, der bis in die Dämmerung des Dachstuhles reicht, kaum erhellen.

Die Frau war in den Tempel getreten, kniete auf den Strohmatten nieder und vertiefte sich in ein stilles Gespräch mit ihrem verstorbenen ältesten Sohn. Da rollte der ferne Donner und war wie die näherkommende Stimme eines Gottes über ihr. Die schwüle Gewitterluft machte die große, dunkle Tempelholzhalle noch dumpfer, und der Geruch des Räucherwerks und der Geruch der alten, sonnengewärmten Holzbalken wurden der knienden Frau wie eine Last, als ob sich der schwere, mächtige Buddha über sie böge. Und sie mußte an den Mann denken, der sie Tag für Tag in Kioto im Tempel der fünftausend Genien umarmt hatte.

Der Regen prasselte jetzt draußen auf das Tempeldach und auf die ungeheure Holzgalerie vor dem Tempel. Ein Blitz flog herein, und der große goldene Buddha erschien für den tausendsten Teil einer Sekunde hell bis unter das Dach.

»Ist es wahr, Gott«, dachte die Frau, »daß die Wollust den Tempel nicht schändet, so laß den Mann aus Kioto eintreten und mich in Nara hier bei dir wiederfinden.«

Über die Holzgalerien draußen kamen jetzt Hunderte von Schritten, Schritte über die Wiesenwege, Menschenstimmen aus den Wäldern, Männer, Frauen und Kinder, lachend und kreischend, die, vor dem Gewitter flüchtend, in die Halle des großen Daibutsubildes eindrangen.

Die kniende Frau wollte wieder zu ihrem Sohn beten. Aber der Lärm des Regens, der vielen humpelnden Füße von Wallfahrern und der Menschenstimmen zerstreute sie, so daß sie unter die Gruppen der Leute an eine der offenen Türen trat und dem Sturzregen zusah, der die Landschaft in einen weißen Nebel hüllte. Blitz um Blitz blendete sie, daß sie sich von der Tür weg gegen die Gesichter der Menschen wenden mußte, von denen einzelne Gruppen, weiß im finstern Tempel, bei jedem Blitz aufleuchteten.

Neben einer kleinen Frau und umgeben von einer Schar von Kindern, entdeckte sie plötzlich einen Mann, der ihrem Sohn, zu dem sie eben gebetet hatte, ähnlich sah. So müßte ihr Sohn jetzt aussehen, so seine Frau und seine Kinder, wenn er jetzt lebte und glücklich wäre.

Bei dem zweiten Blitz aber erschrak sie. Es war nicht mehr das Gesicht ihres Sohnes. Es war jener Mann aus Kioto mit seiner Familie, die hier vor dem Gewitter in den Tempel geflüchtet waren. Bei dem dritten und vierten Blitz erkannte sie ihn deutlich und sah weg.

Sie schlug rasch ihren kleinen Fächer auf, versteckte ihr Gesicht da-

hinter, drängte sich aus dem Tempel hinaus und eilte mitten in dem prasselnden Regen den Hügelweg hinunter in die graue, dampfende Sommerlandschaft. Weit weg stellte sie sich unter einen Zedernbaum, versteckt hinter einer Steinlaterne. Ihr Haar war vom Regen aufgelöst, ihr Fächer aufgeweicht. Sie hatte ihre Schmucknadeln aus dem Haar verloren, ihr seidenes Festkleid klebte an ihr wie eine Fischhaut. Sie weinte und weinte. Sie hatte doch nicht wissen wollen, ob der geliebte Mann verheiratet wäre, ob er eine Familie hätte. Sie hatte diesen Geliebten zu einem Gott, zu einer Erscheinung machen wollen, zu einer wollüstig gruseligen Tempelvision. Sie hätte sich gern blind geweint, um das Bild aus ihren Augen auszulöschen und den Schützen aus dem Tempel der fünftausend Genien nicht als Gatten und Familienvater sehen zu müssen.
Der Platzregen ließ nach, und die Spitze der roten, sechseckigen Pagode, über den noch regendampfenden Wiesen, schien im Abendrot Feuer zu fangen. Das Abendrot ging durch die Wiesendämpfe, färbte die Zedernstämme rot, die Scharen der grauen, moosigen Steinlaternen braun wie Kupfer.
Das Abendrot beruhigte die Frau und gab ihr wieder den Glauben an inbrünstige Ungeheuerlichkeiten. Sie lächelte und fühlte sich rot durchtränkt von dem abenteuerlichen Licht und sagte ganz einfach: »Die Blitze haben gelogen. Der Mann im Daibutsutempel eben war nicht der Mann aus dem Tempel der fünftausend Genien, den ich wie die Abendröte mit Inbrunst liebe. Er kann nicht zugleich hier und in Kioto sein, wo ich ihn gestern verließ, ohne ihm etwas von meiner Reise nach Nara zu sagen.« Aber sie getraute sich doch nicht, noch einmal zum Daibutsutempel zurückzugehen; und sich zu überzeugen, fehlte ihr der Mut.
Die Frau warf ihren zerknitterten Fächer fort, strich ihre Frisur glatt, schob ihren Gürtel zurecht und machte sich gesittet auf den Heimweg zum Bahnhof von Nara.
Sie reiste durch Kioto, ohne den Tempel der fünftausend Genien aufzusuchen, und ging nach Seta in ihr Haus zurück, tagsüber gepeinigt von dem Gedanken, daß der Mann, den sie in Kioto liebte,

Frau und Kinder hätte. Sie wurde nur am Abend erlöst von dem phantastischen Abendrot, das sich über Seta in den wunderbarsten Blutlinienwellen hinzieht, so daß alles Unwahrscheinliche wahrscheinlich wird, so daß die Bäume blutrot wie Korallenwälder werden und die Hügel wie die Brüste und Körperlinien hingelagerter Männer und Frauen, als sei die Erde hier am Abend zu Menschenfleisch und Menschenblut geworden und kenne nichts als umarmende Wollust und Liebe. Die untergehende Sonne am Himmel ist dann in ihrer Röte nur wie eine kleine Kerze in einem roten Gemach, in dem sich zwei umarmt halten, wo das Licht keinen Sinn hat und keinen Wert, weil die zwei, von Leidenschaft entbrannt, sich mit geschlossenen Augen ohne Licht sehen.

Im Abendrot wurde der Biwasee rotgoldig glitzernd und wie von fünftausend goldenen Lanzenspitzen und goldenen Heiligenscheinen bewegt. Die Diele und die Wände im Haus jener Frau wurden düsterrot, als wären sie die uralten, düsterroten Balken des Genientempels in Kioto, als wäre in dem Haus der Frau irgendwo die geheimnisvolle, rote Balkentreppe, wo sie in der roten Tempeldunkelheit, auf der obersten Stufe, hinter dem hohen Geländer, Tag für Tag den Mann treffen könnte, der sie wie das Feuer der Abendröte schnell umarmte und nach der Umarmung wie die Abendröte in das Unbekannte wieder versänke.

In den kältesten Wintertagen konnten die Bewohner von Seta jene Frau zur Spätnachmittagsstunde an dem geöffneten Fenster sehen, das auf das flüchtige Winterabendrot hinaussah – die Frau, die einen kleinen Fächer schwang, als wäre es ihr heiß im Abendrot, obwohl der Schnee auf dem Geländer des Altans lag und auf den Dächern der Holzhäuser von Seta.

Auch wenn die Abendsonne im Winternebel keine Kraft zum Röten des Himmels hatte und nur wie ein kleiner Tropfen roter Kirschsaft das weiße Laken des Himmels betupfte, saß die Frau zwischen den zurückgeschobenen Papierwänden ihres Teezimmers und fächelte sich, als müßte sie das Abendrot mit jedem Fächerschlag anschüren.

Der Frühling kam, und die Frau fürchtete sich immer noch vor einer Begegnung mit dem geliebten Mann und vor einer Enttäuschung. Sie beschloß, eine große Reise zu den Tempeln von Nikko zu machen, im Norden Japans, um dort zu ihrem zweiten Sohn zu beten. Die kurzweilige Bahnfahrt dorthin zerstreute sie, und sie lachte sich unterwegs wegen aller ihrer Zweifel aus und war schon, ehe sie nach Nikko kam, ganz im klaren, daß der Mann in Nara niemals der Mann von Kioto sein könnte, daß sie sich einfach in der Ähnlichkeit getäuscht hätte. Und sie nahm sich vor, sobald sie von ihrer Wallfahrt nach Nikko wieder zurückkäme, wollte sie den Tempel der fünftausend Genien wieder aufsuchen und versuchen, den Schützen zu treffen, der ihr versprochen hatte, sie fünftausendmal zu umarmen.
Das Rasseln der Eisenbahnräder, das Vorüberfliegen großer Plakatfiguren: gemalte Männer und Frauen, die an den Bahngleisen amerikanische Fahrräder, deutsche, englische Grammophone anpriesen, das eilige Leben in den eisernen Bahnhofshallen, alle die vorüberhastenden Eindrücke gaben der entmutigten Frau neuen Wirklichkeitsmut, und sie begann sich innerlich zu verspotten und bedauerte den langen Winter, der damit vergangen war, daß sie sich nur vom Abendrot in Seta, aber nicht von ihrem Geliebten hatte umarmen lassen.
Die schieferblaue Bergwelt von Nikko mit einer Silbersonne über den silbernen Kiesbächen, mit blausteinigen Schluchten, deren Ränder von schwarzen, zerzausten Kryptomerien umstanden sind, tauchten auf. Das liebliche Japan war verschwunden, und ein heroisches Japan lag hier, mit nasser Felsenschlucht, mit senkrechten weißen Wasserfällen unter einer Sonne, die einem weißen Metallspiegel glich. Wie kupferrote Wimpel hing das rotblättrige Frühlingslaub der Ahornbäume über den Gebirgswegen. Hie und da blühten auch ein paar rosige, wilde Kirschbäume und an der Sonnenseite der Abhänge ganze Wälder von rosigen Kamelienbäumen. Das Bergwasser der Nikkoschlucht aber glitzerte, als wäre es die eherne Kette eines Rosenkranzes, daran Tausende von Gebeten gebetet werden.
Die Frau suchte die Tempel auf, die auf grünen, dunklen Waldter-

rassen mit blaubronzenen Dächern und rotem Gebälk wie verwunschene Waldschlösser unter bärtigen, tausendjährigen Kryptomerienbäumen liegen.

Viele Tempelwände sind mit kopfgroßen Chrysanthemumblumen aus erhabener Perlmutterarbeit geschmückt und leuchten in sieben Regenbogenfarben. Auf anderen Wänden sind aus goldenem Lack in Relief erhabene, goldene Löwen und goldene Tiger in springenden Stellungen gearbeitet. Auf anderen aus rotem Lack rote Fasanen, aus grünem und blauem Perlmutter Pfauen, aus Elfenbein weiße Kaninchen und weiße Rehe und ganze Elfenbeinwände voll von weißen und bläulichen Päonien, umgeben von Schmetterlingsscharen aus Perlmutter.

Diese kostbaren Tempelwände unter grünen Waldbäumen, unter blauem und weißem Wolkenhimmel und umwandert von gelbem Sonnenschein, scheinen mit ihrem irisierenden Perlmutter eine lebende Welt von immerblühenden hochzeitlichen Blumen und eine unvergängliche Welt von sich tummelnden wilden und zahmen Tieren zu sein.

Die Frau kam auf die erste Terrasse, wo die drei berühmten Affen auf einem Tempeltor dargestellt sind, geschnitzt und bemalt. Der erste Affe hält sich die Augen zu, der zweite Affe die Ohren, der dritte Affe hält sich den Mund zu. Und ihre Bedeutung ist: Du sollst nichts Böses sehen, du sollst nichts Böses hören, du sollst nichts Böses reden.

»Wie leicht ist das getan für den, der geliebt wird, und wie schwer für den, der an der Liebe zweifeln muß«, dachte die Frau und ging an den drei Affen vorüber. Und sie kam zu dem schönsten aller Tempeltore. Dessen weiße Säulen sind mit erhabenen Schnitzereien, mit Bäumen, Schilf, Kranichen, Drachen und Wolken geschmückt. An den Friesen der Säulen entlang wandern Scharen von winzigen, kleinen Göttern. Dieses Tor ist so vollkommen gearbeitet, daß es, als es fertig war, den Neid der Götter erweckt hätte, wenn man nicht an einer der Säulen absichtlich einen ungeschickten Fehler angebracht hätte, um die neidischen Götter zu versöhnen.

»So vollkommen wie dieses Tor wäre die Liebe zweier Menschen auf Erden, und die Götter würden die Menschen beneiden müssen, wenn sich nicht glücklich Liebende immer einen künstlichen Liebeszweifel erfänden«, dachte die Frau und ging durch das kostbare Tor in den Tempelhof der zweiten Terrasse.
Hier ist zur rechten Hand über einer Tempeltür von einem Maler eine lebensgroße, weiße Katze gemalt Die scheint zu schlafen und schläft schon Jahrhunderte. Aber wer sie lange ansieht und sich einen Herzenswunsch dabei denkt, dem kann es, wenn sein Wunsch in Erfüllung gehen darf, begegnen, daß die schlafende Katze ihre Augen öffnet und ihn anblinzelt.
»Oh, ihr Götter«, wünschte die Frau, die Katze über dem Tor betrachtend, »laßt eure Tempelkatze die Augen öffnen und mich ansehen, wenn mein Geliebter in Kioto und jener, den ich in Nara sah, zwei verschiedene Männer sind.«
Die Frau starrte die schlafende Katze an, aber die gemalte Katze hielt die Augen geschlossen und blinzelte nicht.
»Ist es möglich, daß ich recht gehabt haben sollte? Die beiden Männer sind einer und derselbe gewesen! Und mein Geliebter hat eine Familie und macht eine andere Frau außer mir glücklich? Oh, weiße Katze, schlage doch die Augen auf und sage damit ›Nein‹! Oh, ich will dich ansehen, bis ich blind werde!«
Die Katze hielt die Augen geschlossen, und die Frau verzweifelte, und ihr Herz schmerzte, als würde es ihr ausgerenkt.
»Gut, o Götter, wenn ihr diesen Wunsch nicht erfüllt«, sprach sie plötzlich entschlossen, »dann laßt mich dem Mann noch einmal begegnen, um mich zu überzeugen; und zweifle ich dann nicht mehr, daß es derselbe ist, dann laßt mich blind werden mein Leben lang. Schlafende Katze, öffne jetzt deine Augen und sage ›Ja‹!«
Die Frau zitterte und hielt sich mit den Fingerspitzen an einer roten Lackwand des Tempelhofes. Die großen Kryptomerienbäume über den Tempeldächern bewegten sich schaukelnd für ein paar Sekunden und warfen Licht- und Schattennetze über die Tempeldächer, über die Lackwände und über die gemalte weiße Katze. Und

im Licht- und Schattenspiel schien sich die weiße Katze zu bewegen, sie blinzelte und zeigte für eine hundertstel Sekunde ihre senkrechten Pupillen.

»Sie hat mich angesehen«, seufzte die Frau und klapperte humpelnd auf ihren Holzschuhen, demütig, mit gesenktem Kopf, als wäre sie um viele Jahre gealtert, durch die schmale Vorkammer in den Seitentempel.

Da drinnen war ein langes Gemach, und hinter langen Glaswänden lagen in seidenen Futteralen die Schwerter verstorbener japanischer Helden und Könige, ihre Rüstungen und ihre Helme aus Lack, Kork und Holz geschnitzt und mit Bronze beschlagen. Auch große Bogen und Köcher mit Pfeilen standen da.

Die Frau blieb unwillkürlich vor einem großen, schwarzen Bogen stehen und legte ihre warme Stirn an die kühle Glasscheibe des Glasschrankes. Es war menschenleer hier, nur vorher hie und da waren ihr Pilger begegnet auf den Treppen und den Terrassen der Tempel – Männer und Frauen aus allen Teilen Japans, welche Nikko besuchen.

Wie sie jetzt an der Glasscheibe lehnt, sieht sie in dem spiegelnden Glas durch dieselbe Tür, durch die sie in die lange Kammer eingetreten ist, einen Mann kommen, der eine weißhaarige, gebeugte Frau begleitet. Die kleine Alte stützt sich auf einen Stock und auf den Arm des Mannes und sagt zu ihm: »Mein Sohn.«

Die Frau wendete ihren Kopf betroffen von der Glasscheibe und warf nur einen Blick über ihre Schulter. Dann sah sie rasch wieder in den Glasschrank zurück, als wollte sie ihr Gesicht im Glas verbergen. Sie hielt den Atem an und ließ den Mann und die alte Frau an ihrem Rücken vorübergehen.

Die Götter hatten ihr ihren Wunsch erfüllt! Sie hatte ihren Geliebten noch einmal gesehen, und sie wußte nun auch, daß er eine Mutter hatte wie andere Menschen, und daß er ein Menschensohn war, daß er nicht bloß Vater und Gatte war, so wie sie ihn in Nara gesehen hatte, daß er auch Kindespflichten kannte, seine alte Mutter an seinem Arm stützte, und daß er ihr nun nie mehr der Gott der

Abendröte sein könnte, der Gott des Unbekannten, des Abenteuerlichen, der Gott der Inbrunst ohne Pflichten und ohne Schranken. Und nun wollte sie blind werden und nicht mehr in der Gegenwart und Wirklichkeit leben, sondern im Dunkeln sitzen, wie ein Herz in der Brust, ohne Licht, nur vom dunklen Blut umgeben.

Gealtert und bekümmert kehrte die Frau von ihrer Wallfahrt nach Seta an den Biwasee zurück, ohne den Tempel der fünfrausend Genien in Kioto zu besuchen, wie sie sich vorgenommen hatte.

Ein brennender, feuriger Sonnensommer verwandelte den Biwasee täglich in eine weißglühende Masse. Zwischen dem flammigen Spiegel des Sees und dem flammigen Spiegel des Sonnenhimmels saß die Frau auf dem Altan ihres Hauses oder in einem schaukelnden Boot und ließ sich die tausend funkelnden Sonnenscheiben, die sich in den Wellen brachen, wie tausend Brenngläser in ihre Augen stechen. Wenn sie vor Schmerzen die Augen schloß, saß sie in einer feuerrot durchflammten Dunkelheit, als wäre sie mitten im Abendrot von Seta, als wäre sie die rote, untergehende Sonne selbst.

Sie wurde blind, wie sie gewollt hatte. Aber auch erblindet sahen sie die Leute von Seta Sommer und Winter, Abend für Abend, mit dem Fächer auf dem Altan sitzen, zu der Stunde, wo das Abendrot in Seta die irdischen Landschaften zu roten Götterlandschaften verwandeln kann und die irdischen gesetzmäßigen Menschengesichter in berauschte unirdische Göttergesichter.

An einem Winternachmittag, als der Nebel des Sees so dick lag, daß die Sonne schon am Mittag im Winterrauch wie eine papierne Scheibe blaß verschwand und ein Hauch von Abendröte erschien, saß die Blinde wieder mit begeistertem Ausdruck auf dem Altan und beschrieb der Dienerin, die ihr den Tee brachte, daß sie rote Wolken sähe, rot wie das Tempelgebälk eines Kiototempels, und daß fünftausend goldene Genien mit hunderttausend goldenen Armen über die roten Wolken geschritten kämen, und daß ein Bogenschütze an der Spitze der Fünftausend ginge. Er winke ihr auf der obersten Stufe einer roten Treppe.

»So schön wie heute sah ich das Abendrot von Seta noch nie«, sagte die Blinde und lehnte den Kopf an das Altangeländer, von dem der kalte Schnee abbröckelte. Ihre kleine Teetasse klirrte. Sie setzte sie mit zitternden Fingern auf den Boden. Sie fächelte sich noch mit dem Fächer, indes ihr Gesicht die Helle des Schnees annahm. Dann starb sie lächelnd.

Den Abendschnee am Hirayama sehen

An großen Masten ragen ein Dutzend weiße, elektrische Bogenlampen in die Nacht. Sie beleuchten einen Landungskai im Hafen von Marseille. Wie ein langer weißer Kreideblock liegt dort ein weißer eiserner Orientdampfer mit Hunderten von runden, gelbleuchtenden Kabinenfenstern. Rot, gelb und weiß beschienene Gesichter und viele beleuchtete Hände und Arme hantieren in der Nacht auf der Plankenbrücke und um die klirrenden Ketten der Verladungskähne, wo Haufen von Koffern, Reisekörben und Reisekisten verstaut werden.
Durch die langen, schneeweißen Korridore drinnen im Dampfer eilen schneeweiß gekleidete Inder mit schwarzen Gesichtern und schwarzen Händen, aus prächtigen Küchen, in denen üppiges Kupfer leuchtet, in die prächtigen Speisesäle, die von rotem Mahagoniholz und blanken Messingsäulen, von Prunk und Gediegenheit strotzen, darinnen alles seltsam stillesteht, indessen die bittere, bewegliche Seeluft durch die glühlampenhellen Räume und durch die Korridortüren wie ein unruhiges Fluidum streicht. Diese Seeluft, die in dem Schiffspalast, auch wenn er am Kai stillsteht, immer noch allen Räumen quecksilberhafte Ungeduld gibt, wie der Saft einer Pflanze, die man vom Wald ins Zimmer geholt hat. Ein ruhiges Schiff ist kein stillstehender Gegenstand, denn die Wanderluft, die auch im Hafen noch um seine Räume streicht, läßt es nicht schlafend und nicht tot erscheinen. Die Offiziere, Matrosen und Bedienungsmannschaften behalten auf dem ruhigen Schiff immer noch das bittere Fieber der Seeluft in der Brust, und allen erscheint Ruhe als ein Unglück und Wandern als das alleinige Glück. Das Schiff legt nachts in Marseille an und soll morgen um neun Uhr früh seine Weiterfahrt nach Asien und Japan antreten. Die meisten Passagiere haben für ein paar Nachtstunden das Schiff, das schon aus London kommt, zu einem kurzen Aufenthalt in Marseille verlassen, um

wieder einmal Abendbrot an Land zu essen, denn das Schiff ist schon seit mehreren Tagen unterwegs und hat seit London keinen Hafen angelaufen.

Jetzt neigt sich die Nacht ihrem Ende zu. Die elektrischen Lampen brennen noch, aber der Himmel wird schon blau, und Scharen von lachenden und etwas kindisch heiteren Passagieren kehren aus den Nachttheatern und Nachtcafes der Stadt zurück. Junge Leute haben rote und blaue Kinderluftballons an ihre Hüte gebunden. Damen haben sich Arme voll Blumen gekauft: Winterveilchen von der Riviera. Und alle Gesichter sehen belustigt aus, als kehrten diese Menschen von einem Volksfest heim. Alle haben sie nur für ein paar Stunden mit ihren Füßen die Erde besucht, die schöne, ruhige, stillstehende Erde mit ihrem irdischen Staubgeruch, und die hat die Passagiere im Herzen so überschwenglich und warm gestimmt.

Jetzt müssen alle wieder auf die schwankenden Schiffsbretter, zurück auf das bucklige Meer, in die staublose, unirdische Seeluft, in der ihnen die Sonne noch treu bleibt, wo aber die Erde meilentief in das Wasser sinkt. Ein blauer, lauer Januarmorgen brach an. Die Lampen am Kai und im Schiffsinnern verloschen. Dafür zündete die Morgensonne tausend Lampen in den tausend Wellenspiegeln an, und die Messinggeländer des schneeweißen Schiffes, seine roten Schornsteine und zinnoberroten Ventilatoren leuchteten wie die künstliche Kulissenwelt eines Theaters, aufgebaut unter dem indigoblauen Mittelmeerhimmel.

Am Kai standen Verkäufer vor Bergen von hölzernen Segeltuchstühlen, die sie an die Passagiere für die weite Seereise nach Asien verkauften. An der Abfahrtshalle vor dem Telegraphenoffice drängten sich die Reisenden, schrieben auf umgestülpten Koffern, Tonnen und Kisten Telegramme, die letzten Abschiedsgrüße aus dem letzten europäischen Hafen nach den Heimatorten.

An den langen Geländern des Promenadendecks standen Kopf bei Kopf, Ellenbogen bei Ellenbogen. Viele kleine Kodaks knipsten und fingen das Hafenbild.

Auf der nassen Kaimauer vor der Reihe der Packträger und Verlader hatte ein Athlet einen braunen Teppichfetzen ausgebreitet. An dem einen Ende des Teppichs tanzte in gelbem Trikot und rosa Tüllröckchen seine zehnjährige Tochter und klapperte mit Kastagnetten, armselig und ungeschickt.

Auf der anderen Ecke des Teppichs stand der Sohn des Athleten in blauem Trikot und spielte auf einer dünnen Violine. Auf der dritten Ecke lagen Gewichtsteine und Kugeln, und auf der vierten Ecke des Teppichs stand der Athlet selbst in schmutzig weißem Trikot und stemmte die Gewichtskugeln, Kanonenrohre und eisernen Wagenräder.

Die Schiffssirene hatte bereits mehrmals ihre gellenden Abfahrtssignale gegeben. Der Athlet, die kleine Tänzerin und der kleine Geiger rauften sich mit den Packträgern um die Kupfersoustücke, die wie ein brauner Hagel vom Schiff auf den Kai regneten. Scharen englischer Clerks, die nach Indien reisen wollten und rote, whiskytrunkene Gesichter aus dem Nachtleben von Marseille mitgebracht hatten, brüllten im Chor hundert »Cheers for Old England«.

Dann bewegte sich wie eine Drehbühne das mächtige Schiff vom Kai weg. Die sich balgenden Leute am Kai, die Landungshallen verkleinerten sich, als schrumpften sie in irgendeine Tasche hinein. Erdbilder, Felsenufer, weiße Kalksteingebirge, graue Dächerreihen drehten sich wie Bilder, gemalt auf einen Riesenkreisel, vorüber. Das Schiff schien stillzustehen, aber die Erde wurde zu einer ungeheuren Kugel, die sich unter dem Schiff drehte.

Allmählich liefen die Bilder immer kleiner, ferner und farbloser wie Nebelwische vorüber, und nun nahm der gewaltige Rausch der Seeluft das Schiff in sich auf, und das Ungeheuer, der endlose Himmel, machte die lauten Passagiere still, löste nicht nur die Erde unter den Füßen, sondern nahm auch den Gedanken jede Festigkeit und Sicherheit, machte das Blut argwöhnisch, die Füße schwankend, die Gehirne ohnmächtig.

Hunderte von Deckstühlen wurden an die Geländer gebunden, daß sie nicht von dem Seegang hin und her rutschten. Unter riesigen Reisekappen, in ungeheure Reisemäntel und in vielfarbige und ka-

rierte Schals gewickelt, lagen die Passagiere, ausgestreckt in endlosen Reihen, auf dem weißen Promenadendeck. Die weiß getünchten Eisenwände, die sachlichen Eisengeländer, die alle gerade und senkrechte Linien zeigten, flößten Sicherheit, aber auch Nüchternheit ein, als wäre das Schiff ein riesiger physikalischer Apparat in einem Laboratorium, als wären die Menschen Präparate, die da künstlich aufbewahrt würden, bis zur Landung an einem andern Kontinent.
Unter den Schiffspassagieren, die da in Reih und Glied in Liegestühlen auf den langen Decks lagen, als wären die Deckpromenaden Lazarette, fielen zwei Japaner auf, die von zwei deutschen Damen, einer jungen rotblonden und einer alten weißhaarigen, begleitet waren. Es waren die beiden Schauspieler Kutsuma und Okuro, die mit der Sada-Yakko-Truppe eine Europa-Tournee unternommen hatten und jetzt, getrennt von der Truppe, nach Japan zurückkehrten.
Okuro hatte sich eben erst mit einer deutschen Dame verheiratet, und diese, welche immer mit ihrer Großmutter zusammengelebt hatte, wollte sich auch nicht in der Ehe von ihr trennen. Darum begleitete die achtzigjährige, weißhaarige Alte das junge Ehepaar nach Japan.
Die beiden Japaner waren europäisch gekleidet; nur ihre gelben Gesichter und ihre kleinen Figuren fielen unter den langen, rosahäutigen Engländern auf.
Ilse, Okuros junge und schöne Frau, hatte Goldglanzhaare, goldrot, wie der rote Metallglanz der Goldfische.
Sie trug ein smaragdgrünes Reisekleid und war unter allen den braunen, grauen und schwarzkarierten Engländerinnen und Engländern wie ein Sonnenprisma. Ihre gute Laune gab ihrem Wesen die Fülle eines freigebigen Sommers.
Die Großmutter neben ihr mit dem weißen Haar, das wie ein Silberschmuck den Kopf umgab, lachte ebenso wie ihre Enkelin immer mit blauen Augen, und ihr Gesicht war wie ein sonniger Wintertag, frisch und lautlos.

Nie sind zwei Menschen fröhlicher und sorgloser in die Zukunft gereist als diese beiden Damen. Okuro hatte sich ein Vermögen durch seine Tournee verdient. Ilse wußte nicht, was sie mehr an ihrem Mann schätzen sollte: die ausgesuchte Fürsorge, mit der er auftrat, oder die große Leichtigkeit, mit der er alle Schwierigkeiten lächelnd aufnahm.

Nur eines machte ihr Unruhe: sie verstand allmählich, daß ein Asiate nicht ist: wie fünf und fünf ist zehn, sondern, daß bei ihm fünf und fünf einmal tausend und einmal null sein kann. Sie ahnte, daß sie noch nicht den hundertsten Teil von dem Gehirn ihres Mannes kannte, und manchmal merkte sie, daß seine kleinen asiatischen Augen, die eben noch rosinensüß und lächelnd ausgesehen hatten, plötzlich schwarz und bitter wie Gallapfelsaft werden, oder sogar tödlich, vernichtend wirken konnten wie schwarze, funkelnde Tollkirschen.

Aber gerade, daß sie seiner nicht sicher war, daß sie seine Weltallruhe und sein göttliches Aufgehen im Verstehen des Kleinsten bewundern und dann wieder plötzlich erschrecken mußte vor tierischen Kehllauten, die er ausstoßen konnte, und die bestialische Leidenschaftlichkeiten vermuten ließen, – dies machte Ilses Seele sanft wie ein Kaninchen, das man mit einer Klapperschlange zusammengesperrt hat. Und sie war ihm in die Ehe gefolgt, weil sie sich nach einer Welt von Abenteuern sehnte, nach exotischen Geheimnissen. Als der rauchende und erhitzte Dampfer zwischen dem blauen Äther des Mittelmeerhimmels und dem glasblauen Wasser des Mittelmeeres sich jetzt von Europa trennte, um Afrika und Asien zu erreichen, erschien Ilse das weiße, blendende Schiffsgerüst in der Bläue ringsum wie der weiße Silberkörper eines Riesenfisches, der viele Meilen in die Bläue untergetaucht wäre und unter den Meeren mit ihr fortschwämme. Nur das gelbe Stück Sonne oben war wie ein Stück Land, das in die Bläue herabschiene. Und sie hoffte, so verzaubernd wie das Meer, so von Grund aus sollte sich jetzt ihr Leben in der Zukunft verändern, daß alle Begriffe sich umstülpten.

Aber als in der zweiten Nacht die elektrischen Kailampen von Messina, das damals noch nicht untergegangen war, in langer Reihe vorüberzogen, nahm Ilse ihrem Mann Okuro, der neben ihr im Deckstuhl saß und in der Dunkelheit nur am roten Punkt seiner Zigarette ihr erkenntlich war, die Zigarette aus dem Mund, warf sie über Bord und sagte schmollend, in ihrer Flitterwochenstimmung:
»Geliebter, wie kannst du rauchen und dich mit deiner Zigarette lautlos unterhalten? Ich bin eifersüchtig auf deine Zigarette und deine Ruhe bei ihr. Ich bin noch keine so alte, ruhige Frau wie meine Großmutter, welche einschläft, wenn du stundenlang schweigend rauchst. Ich möchte lieber, daß du mich erwürgst, ins Meer wirfst oder irgend etwas Böses mit mir tust, aber ich mag nicht, daß du so ruhig und gleichgültig neben mir rauchst. Wir kennen uns noch nicht auswendig. Nur ist das, als wärest du mir untreu, wenn du die Zigarette mehr liebst als mich.«
Darauf antwortete der junge asiatische Ehemann:
»Wenn ich Diener brauche, die dich und mich bedienen, so bin ich deshalb nicht ein schwacher Mann, der sich nicht selbst bedienen könnte. Wenn ich eine Zigarette brauche, die mir Ruhe gibt, so habe ich deshalb dich nicht aus meinem Herzen verstoßen, denn dich brauche ich natürlich erst recht zu meiner Ruhe. Die Zigarette allein würde mich nicht genügend mit Ruhe bedienen.« Ilse fuhr schnell und heftig auf:
»Wenn du vielleicht statt der Zigarette eines Tages eine andere Frau brauchst, die dich mit Ruhe bedienen müßte, dann dürfte ich auch nicht unruhig werden, Okuro?«
Dieser lächelte und sagte noch ruhiger:
»In Japan liebt ein Mann seine Frau immer, solange er sie nicht fortschickt. Und Frauen fragen bei uns nicht nach den Wegen, die ein Mann gehen muß, und die ihn zum Manne machen.«
Ilse wurde noch heftiger:
»Du darfst also viele Frauen lieben, wenn es dich zum Manne macht? Und ich soll keinen Schmerz empfinden, wenn du deine Nächte mit anderen Frauen teilst und deine Umarmungen, deinen

Leib und dein Herz anderen Frauen gibst, wo ich doch dachte, daß der Tag der Hochzeit dich mir ganz und gar geschenkt hätte?«
»Nicht ich bin *dein,* sondern du bist *mein* geworden«, antwortete ruhig der Japaner. »Ich bin *ich* geblieben und bin nur durch dich mehr geworden. Aber du bist seit dem Tag unserer Hochzeit nach unseren asiatischen Begriffen verschwunden und bist nicht mehr.«
»Ich bin also schon«, lachte Ilse, »an dem Tag unserer Hochzeit ins Nirwana eingegangen und gehöre jetzt zu den Toten?«
»Ja, Ilse, größtes Glück ist Nirwana. Und die Frau, die sich nicht um das wirkliche Leben zu kümmern braucht, um Geldverdienen und Staatsgeschäfte, kann deshalb schon am Tag ihrer Hochzeit ins Nirwana eingehen, der Mann erst am Tage seines Todes.«
»Aber ich will gar nicht im Nirwana sein, wenn du nicht darin bist«, rief die junge Frau eigensinnig. »Und so lange du im gewöhnlichen Leben bist, will ich auch eine gewöhnliche Lebende sein.«
Okuro sagte ruhig: »Die Götter haben euch Frauen keine Knochen gegeben, um im gewöhnlichen Leben so fest zu stehen wie der Mann.«
Dieses war das erste von hundert ähnlichen Gesprächen, welche Ilse und Okuro, in ihren Deckstühlen liegend oder um die Schiffsschornsteine promenierend, morgens, mittags und abends führten. Seit Europa verschwunden war und das nach Asien schweifende Meer vor ihnen lag, bauten sich die Gedankenwelten der beiden Neuvermählten in der Leere des Meeres wie die Ufer von zwei einander gegenüberliegenden Ländern voreinander auf.
Nie hatten die beiden in den lebendigen Alltagsstunden des zerstückelten Tageslebens von Berlin, wo sie sich kennengelernt hatten, Muße gefunden, mehr voneinander zu sehen als nur leichte Beleuchtungen, unterhaltende Augenblicksbilder ihres Herzens. Jetzt aber, unter der unendlichen Weite, auf der Reise über die halbe Erdkugel, die vor ihnen lag, unter der Riesenruhe des körperlichen Himmels und des unbegrenzten Wassers und in der Ruhe der unendlichen Einförmigkeit des kasernenhaften Schiffslebens, wuchsen die Betrachtungen der beiden wie meilenlange Seeschlangen, die

unterirdisch dem Schiff folgten und hie und da in großen Wellenlinien an die Oberfläche kämen.

Bei dem ersten Gespräch von dieser Art, das bei Nacht in der Meeresenge von Messina geführt wurde, sahen sich die beiden nicht. Ihre Deckstühle standen im Schatten von großen Rettungsbooten, und es war zu der späten Stunde, da die Deckbeleuchtung der gelben Glühbirnen halb gelöscht ist. Es fehlte diesem Gespräch das Echo der Gesichtsmienen und Bewegungen, und da es als erstes Gespräch nicht zu Ende geführt wurde, und da sie danach nur immer ihre Stimmen im Ohr und nicht ihre Gesichter gesehen hatten, so blieb dieses Gespräch wie ein ewig dunkler, verborgener Keim, der auf dem beweglichen Schiff und auf der Bodenlosigkeit der Meerestiefe keine Wurzel fassen und nicht ausgerissen werden konnte, sondern mit ihnen schwamm und anwuchs wie ein millionenfingriges Seegewächs.

Als Ilse und Okuro die erste Landstation, die lange, weiße Molenmauer von Port Said, unter dem grünlichblauen Afrikahimmel sahen, da hingen die Gespräche über die verschiedene Denk- und Empfindungsweise der beiden wie der Schaum des Fahrwassers hinter ihrem Schiff. Ihre Gedankenwelt schrumpfte aber sofort ein und verflüchtigte sich zu einer angenehmen Gedankenlosigkeit, als die beiden mit Kutsuma und der Großmutter für ein paar Stunden in den langen Bazarstraßen von Port Said unter Ägyptern, Arabern, Abessiniern in den Straßencafes saßen und den Millionärstöchtern der Amerikaner zusahen, die, mit den üppigsten Pelzen bekleidet, hier in dem nächtlich kühlen Ägypten landeten und den kleinen Port Saider Bahnhof belagerten, um den Schnellzug nach Kairo und in das Wüstenland nach Heluan zu besteigen. Sowie sich Ilse von schwarzhäutigen Afrikanegern in langen weißen und blauen Leinwandhemdkleidern umgeben sah, von schwarzen Schultern und Gesichtern, die wie eine Schar lebendiggewordener, riesiger Kaffeebohnen hier am Kai durcheinanderliefen, fühlte sie sich magdhaft, fraulich und sehnte sich schutzsuchend neben ihrer Großmutter nach ihrem Mann. Wenn sie sich dann umsah und hinter ihr Okuro und Kutsuma gingen, fühlte sie keine Sicherheit, keine Ruhe, denn die zierlichen gelbhäutigen Japaner waren hier in Afrika noch weniger zu Hause als in Europa; und Okuros gelbe Gesichtsfarbe erschien ihr lächerlich und leichenhaft neben der schönen Pulverfarbe der Afrikaner.

Hier am Land waren es jetzt nicht nur die Gedanken der Europäerin, die gegen die Gedanken des Asiaten Wortgefechte führten. Es war noch schlimmer: es war der Körper selbst, der dem Herzen abtrünnig zu werden schien.

Als sie am Abend zum Schiff zurückkehren mußten, ging die junge Frau früher als sonst zu Bett. Sie schloß ihre Augen hartnäckig und stellte sich schlafend, als Okuro ihr Haar streichelte und ihr ein paar zärtliche Worte zuflüsterte.

Ilse hütete sich wohl, der Großmutter am nächsten Tag von ihren wankenden Gedanken und Gefühlen zu erzählen. Auf dem Weg über das Mittelmeer nach Afrika hatte sie geglaubt, es sei der schwankende Schiffsboden, der sie selbstquälerisch und heimatlos stimme, und auf dem sie sich behaupten müsse. Aber der Spaziergang in Port Said hatte sie noch mehr erschreckt, und sie konnte sich nicht der Überlegung erwehren, ob sie von jetzt an schweigen und asiatisch dulden oder sich auflehnen und europäisch behaupten müßte.

Trotzdem lachte sie äußerlich. Ihr rotgoldenes Haar strahlte schon allein ein reiches, sommerliches Lächeln; Ilse war im Grund viel zu genußsüchtig, als daß sie unter Gedanken lange hätte leiden mögen, und es schien, als ließe sie ihr rotes Haar immer gern wie zu einem täglichen Lebensfest leuchten.

Die Deckbevölkerung hatte sich vermehrt und verändert. Reiche indische Kaufleute in europäischer Kleidung, aber mit sehr viel Ringen und goldenen Uhrketten geschmückt, standen wie die Schatten der weißen Leute auf den langen Schiffspromenaden herum, hatten die Augen von guten Waldtieren oder von eitlen Tropenvögeln. Die schmalen Messingstiegen, die vom Promenadendeck der ersten Klasse in das tiefere Zwischendeck hinunterführten, waren drunten belagert wie von einer Maskerade. Mekkapilger mit smaragdgrünen Turbanen, buddhistische Mönche in senfgelben Mänteln, türkische Hausierer in dunkelblauen und violetten Kaftanen, nackte Fakire, in dicke Stricke und Muschelketten gekleidet, indische Handwerker in weißen Schleierhosen, roten Samtwesten und goldgestickten Kappen und die braune, indische Schiffsbemannung des englischen Dampfers in blauen Hosen und roten Schärpengürteln mit tigerartig geschmeidigen nackten Oberkörpern, die alle barfuß wie die Tiere auf dem Feld durcheinanderliefen, vervollständigten das Papageienbild des Zwischendecks.

Das Schiff wanderte und wanderte, beladen und belastet mit den hundert verschiedenen Ideenwelten von hundert verschiedenen Rassen. Es hatte die lange Sandwüstengasse des Suezkanals passiert, wo der Sand auf Meilen wie gelber Goldstaub lag und wo weiße Salzlakenmoore gleich weißen Eisflächen glänzten. Auf die Öde und den Stillstand dieses Landes folgte die höllische Glutbrunst des Roten Meeres, wo das Meer nicht rot vor Korallen ist, sondern rot wird von der Hitze, mit der es deine Augen brennt, wo die Sonne wie ein Feuereimer das Tageslicht gleich rotem, flüssigem Metall ausgießt, wo violette Steingebirge in Nubien dastehen und gegenüber in Arabien solche, die silbernen Aschenhaufen gleichen, wo der Berg Sinai als Silhouette am Himmel vor Hitze zittert.

Die Arbeit der indischen Matrosen auf dem Schiff besteht jetzt den ganzen Tag darin, die Segeldächer über den langen Schiffspromenaden über den in Reihen hingestreckten und vor Hitze aufgelösten Passagieren zuzuziehen und je nach dem Stand der Sonne anders zu stellen. Mit Strohhüten und weißen Sommerkleidern liegen Herren und Damen wie am Rand einer Strandpromenade, vor Hitze aufgedunsen, als wäre das Blut von der Hitze in den Menschenkörpern zu Rotwein geworden, als wären die Reisenden vom Alkohol betäubt und blau gedunsen – so liegen die Scharen der Reisenden wie in einer betrunkenen Schlafwelt auf der dreitägigen Fahrt durch das Rote Meer. In den Schiffssälen bewegen sich an der Decke lange weiße Leinwandfächer, die, gleich den Stoffen eines Bühnenhimmels, quer durch die Räume gezogen sind und sich wie ein weißer Wellengang über die Köpfe der Speisenden bewegen, aber keine Kühlung geben und nur die brühwarme Meeresluft von einem Gesicht zum andern schicken.

Das große, geheizte Schiff wandert und wandert. Die Fernrohre entdecken täglich wieder Afrika auf der einen Seite, Arabien auf der andern. Das glühende Schiff schleppt am Tage die Sonne wie einen Riesenballast mit. Am Abend scheint der Himmel zur Wüste ausgetrocknet zu sein und wird goldgelb wie Wüstensand. Dann stehen über Afrika lange, schilfgrüne Wolken, gleich spukhaften Erscheinungen unwirklich grüner Felder. Jetzt, nach Sonnenuntergang, werden die Segeldächer gerafft. Die Reisenden, die vor Hitze nicht hatten sprechen können, und jeder Mund, der geglaubt hatte, es würden ihm Flammen aus der Lunge fahren, beginnen den Abend zu bewundern, der aber immer noch heißer bleibt als ein europäischer Julitag.

In diesen Hitzetagen, die alle Hirngespinste wegbrannten, war Ilse nicht Europäerin, nicht werdende Asiatin, sie war wie der Klumpen Sonne selbst, der oben über dem Schiffsmast hing und mit dem Schiff weiterzog. Sie brauchte keine Nachsicht zu üben, sie brauchte keine Behauptungen, um sich sicher zu stellen. Es war, als impfe die Sonne mit ihrer Glut Liebe ein. Und jeder Menschenkörper war heißes Metall geworden und begriff kaum mehr die Unterschiede von Tag und Nacht, von Jugend und Alter, von Zeit und Vergänglichkeit, von Gegenwart und Zukunft.

Die Hitze, die alles verschmolz, brachte in den Tagen des Roten Meeres Ilse und Okuro so eng und sinnlich zusammen wie nie vorher, wie nicht einmal die erste Hochzeitsnacht. Wenn sie auch den Tag in der Reihe der Hunderte von Deckstühlen Seite an Seite, wie in einem Lazarett aufgebahrt liegend, zubrachten, so war es, als schliefen sie in der Hitze einen gemeinsamen Schlaf. Die Hitze legte ihren Arm sicher um beide. Ohne daß sie ihre Arme ausstreckten und sich berührten, ohne daß ihre Lippen sich fanden, lagen sie mit dem Gefühl großer Innigkeit und Friedlichkeit unter der langen

Reihe von Reisenden wie allein in ihrem eigenen Schlafzimmer und eng vereinigt.

Niemals fiel es Ilse und Okuro ein, nach Sonnenuntergang, wenn sie vom Tagesschlaf erwachten, sich andere Dinge als Herzlichkeiten zu sagen. Ilse lehnte in ihrem langen weißen Abendkleid am Schiffsgeländer, Okuro neben ihr im schwarzen Abendanzug. Er sagte ihr, ihr Hals sei schmal wie der afrikanische junge Mond. Und sie sagte, daß sie seine Hände so liebe, die nie einen Ring trügen, die Knöchel hätten, fein und stark wie die kräftigen Federposen elastischer Vogelflügel. Und sie sahen beide den in weißen, elektrischen Kreisen leuchtenden Meertierchen zu, die gleich metallischen Kinderkreiseln auf den Wellen entlang tanzten.

Dann erschien das Spiegelbild des Mondes unten im Wasser; das bergauf und bergab wogende Schiff, das Champagnerzischen der Kielwellen und das Geknister des elektrischen Wassers voll tagheller Schaumwolken stellte den beiden, je länger sie sich über das Geländer lehnten, die Welt auf den Kopf. Und sie fanden sich beide erst wieder in dem krausen Weltallgetriebe und in dem spiegelfechtenden Meeresnachtleben auf ihren zwei Füßen zurecht, wenn sie, versteckt hinter einem Rettungsboot oder hinter einer Kabinentür, die Arme umeinander legten, und, Wange an Wange, ihr Blut aneinander pochen ließen.

Dann rückte am vierten Tag am Ende des Roten Meeres ein mächtiger, dunkelbrauner, ausgedörrter Berg heran, zu seinen Füßen lange, rote Kasernendächer: die Festung Aden. Dieser Berg war wie der Pfosten der Tür in den Indischen Ozean; und im grüngelben Abendhimmel blieb das Meer zurück, und die Boote mit nackten, schmalen Somalinegern, die das Dampfschiff draußen vor Aden wie eine Affenherde umwimmelt hatten, blieben zurück, und zurück blieben die Länder, wo der Halbmond regierte, und die graue arabische Felsenküste, auf der weiße Minaretts am Nachmittag gleich weißen Fahnenstangen gestanden hatten, und dahinter man sich das Land voll Harems und Frauen träumte. Alles das ging im Westen in dem friedlich ölgelben Himmel unter, und auf der straffgespannten

Meeresfläche im Osten lag vor Ilse und Okuro das noch unsichtbare, aber sich stündlich nähernde Indische Reich, an dem sie jetzt vorbeiziehen sollten.

Mit der Weite des Indischen Ozeans kam auch wieder die Weite der Gedanken über Ilse und Okuro. Die Hitze, die mit ihren Flammen im Roten Meer alle Menschenkörper zu ihren Medien gemacht hatte, verlor an Kraft, und die Menschen wurden wieder selbständig und dachten wieder ihren eigenen Gedanken nach.

Eines Abends saß Ilses Großmutter allein am Ende des Promenadendecks. Große Sternbilder der fremden Südzone stiegen aus der Meerestiefe auf und wanderten über die Masten des Schiffes fort.

In der Nähe der Dame saß nur Kutsuma und las. Das Schiff war wie eine große indische Trommel, daran die Meereswellen ihre Märsche trommelten, und sein Gang war immer ein Wechsel von Begeisterung, wenn es sich in die Sterne hob, von Enttäuschung, wenn es wieder in die Leere sank.

›Wie viele Gedanken mögen an den Sternen hängen‹, dachte die alte Dame. ›Wie viele Tausende von Seereisenden haben nachts mit offenen Augen hier unter den Sternen auf wandernden Schiffen gesessen. Jeder Stern ist wie eine eingepuppte Seidenraupe, von der man Gedanken wie Seidenfäden abspinnt.‹

»Sehen Sie, Herr Kutsuma«, sagte die alte Dame, »Sie sagen immer, mein Haar sei so weiß wie der Abendschnee auf dem Hirayama am Biwasee in Ihrer Heimat Japan. Und so wahr mein Haar nie mehr dunkel wird, so wahr glaube ich, daß Ilse für ihr Herz keinen besseren Mann finden konnte, als Okuro. Aber damit ist nicht gesagt, daß Okuro in Japan nicht eine bessere Frau als Ilse finden und ohne Ilse sehr glücklich werden könnte.«

Kutsuma hatte eine Landkarte auf seinem Schoß, sah auf und sagte: »Ich bewundere immer, wie großartig die Europäer die Welt einteilen können, die Länder in flache Figuren, die Erdkugel in Breitengrade und Längengrade; in alles Irdische bringen die Europäer Zahlen und Ordnung. Aber sie erfinden kein System für ihre Gefühle, wollen kein System anerkennen für das kleine, kurze Menschenleben, das doch aus nichts anderem besteht als aus Jugend, Reife und Alter, das also Grenzen hat und nicht als etwas Unbegrenztes, Unordentliches angesehen werden kann.«

»Aber, mein Herr«, unterbrach die weißhaarige Dame ungeduldig Kutsuma, »Gefühle lassen sich doch nicht in Systeme bringen. Gefühle sind doch das Unbegrenzte am Leben! Liebesgefühl kann Unordnung und Ordnung zugleich geben: Liebesgefühl ist eine Hasardnummer, man setzt auf Rouge oder Noir. Aber es gibt kein sicheres System, in dem man beim Liebesgefühl in Ordnung mit sich selbst kommen könnte. Wer liebt, wünscht glücklich zu machen, aber das Leben muß erst beweisen, ob er einen Gewinn oder eine Niete gezogen hat.«

»Wo Liebe ist, ist ewiges Glück«, sagte der Asiate. »Wo ein Wechsel eintreten kann, war die Liebe nicht vollständig. Ihr Europäer wünscht, daß der Mann sein Leben lang die Frau bediene und sie höher halte als sich selbst. Wir Asiaten verlangen von einer Frau, daß sie den Mann bediene und sich ihm unterordne. Und wir finden: dieses bringt Ordnung in die Liebe zwischen Mann und Frau.«

»Sehr weise gesprochen«, sagte die alte Dame. »Aber lassen Sie jetzt auch den Abendschnee auf dem Hirayama zu Ihnen sprechen; das heißt: vertrauen Sie den Gedanken, die unter meinen weißen Haaren entstanden.

Das Kostbarste an der Liebe ist, daß sie ein ewiges Abenteuer bleibt und daß weder die Sicherheit der madonnenhaften Unterordnung einer asiatischen Frau noch die olympische Selbstherrlichkeit einer europäischen Liebe in ein System bringen kann. Die Liebe wird immer etwas verschwenderisch sein, immer ein Zuviel in das Blut der Menschen bringen, das Zuviel, das die Endlichkeit des seligen Augenblicks in eine Unendlichkeit des Genusses verwandeln kann. Wo das Zuviel zwischen zwei Menschen fehlt, die sich vorstellen, daß sie sich liebten, wird die Liebe immer nur ein erbärmlicher chemischer Prozeß bleiben, der Kinder hervorbringt und sich ruhig in ein Sy-

stem fassen läßt.« Der Asiate schwieg lange und ließ die Sternbilder wandern. Dann sagte er und faltete seine Landkarte zusammen:
»Die Götter in Europa haben euch Europäer nicht umsonst Mikroskope für eure Augen konstruieren lassen. Ihr könnt auch eure Liebesaufregung unter ein Mikroskop legen. Wie die Eisblumen an euren Fenstern, so seht ihr die Linien eurer Liebesleidenschaft. Und ihr Europäer könnt über Dinge sprechen, die uns Asiaten ewig unsichtbar bleiben.«
Die alte Dame antwortete:
»Ihr Asiaten könnt das auch, wenn ihr wollt. Nur seid ihr liebenswürdige und bescheidene Kinder eurer Götter, und wir sind vorwitzig. Wir müssen unsere Freude belauschen und unsere Schmerzen. So wie unsere Anatomen den Blutkreislauf fanden, so suchen wir nach dem Kreislauf unserer Schmerzen und Freuden.« Kutsoma spricht eifriger:
»Wir haben nur immer von den Indern den Kreislauf der Seele zu beobachten gelernt. Aber die Liebesleidenschaft haben wir nicht als Lebenswert untersucht und haben die Liebe nicht auf die Höhe gestellt wie ihr in Europa. Aber seit ich bei euch war, begreife ich, daß die Zukunftswelt die Liebesleidenschaft als Weltmittelpunkt erkennen wird. Nicht die Weltruhe, nicht das Nirwana, wie wir in Asien immer glaubten, und nicht den Weltschmerz und das Weltmitleid, wie euer vergehendes Christentum immer glaubte; die Liebesleidenschaft ist für jeden, der sein Leben ernst nimmt, sein Gott, der ihm Leben und Tod gibt. So sagte auch gestern Okuro zu mir, als wir bei Aden das Rote Meer verließen, er sagte mir, er würde nie mehr mit Ilse über die Meinung streiten, die sie als Europäerin von der Ehe hat. Sie macht ihn mit jeder Meinung glücklich. Sein Blut ist so zufrieden von ihrem Blut, daß er nicht mehr nach Lebensgebräuchen und Lebenssitten fragt, daß er ihr zuliebe ein Europäer werden will auch in seiner Heimat. Seine Liebe ist jetzt so groß, daß er meinungslos geworden ist.«
Kutsuma wartete auf einen Freudenausbruch der Dame. Und als der junge Mann keinen Laut als Antwort erhielt, empfand er mit ei-

nemmal das Schweigen zwischen sich und der alten Dame wie einen Abgrund, als wäre sie über einen Ozean vor ihm und seinen Worten zurückgewichen.

Lächelnd suchte Kutsuma eine Verbindung herzustellen und sagte: »Warum schweigt der Abendschnee am Hirayama? Er, der vorhin so schöne, weite Gedanken gab?«

Da seufzte die alte Dame:

»Oh, wie unglücklich sind die gütigen Liebenden! Güte in der Liebe bringt Unglück. Liebe ist nie gütig, Liebe fordert, mißhandelt, vergewaltigt. Von zwei Liebenden muß einer der Stärkere werden. Der Mann muß die Frau unterjochen, er kann ihr ja den Wahn ihrer Selbstherrlichkeit lassen, wenn sie es noch nötig hat. Aber er darf nicht gütig meinungslos werden. Sagen Sie das zu Okuro! Das sei die Ansicht dieser weißen Haare. Und immer, wenn er meine weißen Haare sieht, die ihr Japaner mit dem Abendschnee von Hirayama vergleicht, soll er stark werden, soll nicht vor Ilse meinungslos werden. So wie der Schnee am Hirayama nie zu schmelzen ist, so soll sein Wille von keinem Frauenwillen zu schmelzen sein. Nur dann macht er Ilse glücklich.«

Kutsuma betrachtete andächtig den weißen Kopf der alten Dame, so andächtig, wie nur ein Japaner im Abend am Biwasee den Schnee von Hirayama betrachten kann. –

Ceylon mit seinen wolkenblauen, glänzenden Bergen, die voll Amethysten und Mondscheinen liegen, wurde von dem wandernden Schiff für einen Tag berührt. Dann zog die magnetische Ferne das Schiff weiter nach Osten. Und Ilse träumte sich Palmenwälder aufs Meer, denn sie wußte: rings waren Küsten mit heiligen indischen Wäldern und heiligen indischen Tempeln. Und ringsum an den Küsten lebten Völker, die so gut waren, daß sie den Schlaf eines Tieres heilig hielten – den Schlaf des geringsten Straßenhundes, dem es einfiel, mitten in den verkehrsreichsten Städten sich in die Sonne zu legen und zu träumen. Kein Fußtritt verjagt den Träumenden, denn jeder Traum, auch der Traum eines Hundes, ist ein Paradies, das sich für Augenblicke auf die Erde senkt. Darum wird auch der Schlaf der

Tiere mit Ehrfurcht behandelt. Keine Peitschen knallen, nur Silberglocken am Kutschbock treiben die Pferde an. Über alles das dachte sie oft mit Scheu nach.

»Wie seltsam«, meinten die beiden Japaner und die beiden Europäerinnen, »daß Europa und Asien nebeneinander auf derselben Erde liegen, sie, die weniger zusammengehören als Erde und Mond. Europa gibt seinem Leben das Sprichwort: Zeit ist Geld. Und Asien beachtet weder die Zeit noch das Geld. Es ist erstaunlich, daß die einfache Schiffsschraube, die nichts tut, als sich drehen, uns aus der Welt der Begriffe von Zeit und Geld in die Welt der entgegengesetzten Begriffe befördern kann, ohne daß wir dabei daran zugrunde gehen oder erst sterben müssen.«

»Am seltsamsten«, sagte die alte Dame, »ist es für mich, die ich schneeweiß aus Europa komme. Ich glaubte mich schon am Ende meines Lebens; und ohne daß ich eine neue Inkarnation eingehen muß, verjüngen und erwärmen sich hier in Asien meine Gedanken. Wenn ich morgens in den Spiegel sehe, wundere ich mich, daß ich noch den Schnee auf meinem Kopf trage.« Das Schiff hatte Hinterindien, Penang und Singapore passiert und drang in das Chinesische Meer.

In Singapore aber war Ilse aus ihren indischen Träumen gerissen worden. Dort, wo die Chinesen wie der Sand am Meere sind, wo die gelbe Rasse die braune Rasse verdrängt, wo Ilse noch gelbere Menschen als die gelben Japaner sah, während ihr das Reisen schon wie das Wandern des Blutes in ihrem Körper zur Gewohnheit geworden war – überfiel sie ein Schrecken und eine Angst vor der Zukunft. Die schlitzäugigen Menschen entsetzten sie. Die geschlitzten Augen, die hervorstehenden Backenknochen schienen ihr die Gesichter zu verkrüppeln.

Am Abend, als sie mit ihrer Großmutter aus Singapore an Bord des Schiffes zurückkam und der Himmel voll gelber Abendwolken gleich tausend gelben Chinesengesichtern war, ging sie nicht in ihre Kabine zu ihrem Mann. Sie eilte in die Kabine ihrer Großmutter, drückte ihr Gesicht in die Hände der alten Dame und schluchzte.

»Kind, Kind, ich weiß es«, sagte die alte Dame. »Ich habe dasselbe gedacht wie du heute. Aber laß die Zeit verstreichen. Die Zeit bringt Gewohnheit, und Gewohnheit kann dich wieder glücklich machen. Wenn die Erde hier auch fremder ist als ein fremder Planet, wir stehen doch mit den Füßen auf derselben Erde, und wir werden auch mit der gelben Rasse gut Freund werden.«

»Ich nicht«, sagte Ilse. »Sieh mein rotes Haar an, sieh meine weiße Haut an. Ich habe nicht daran gedacht, daß ich unter eine ganze Welt von gelben Menschen komme. Okuro war mir lieber, als er, allein, eine Kuriosität in Europa war. Aber jetzt ging er heute vor mir unter in der Flut der gelben Gesichter, als wäre er im Chinesischen Meer ertrunken. Ich will heute nicht in seiner Kabine schlafen. Ich werde bei dir bleiben, Großmutter, und im nächsten Hafen fliehen wir und kehren um nach Europa. Es ist mir, als ginge ich bis zum Hals im gelben Lehm und erstickte, wenn ich unter den gelben Menschen bleiben muß.«

»Kehre nicht um, Kind! Die Gewohnheit wird dich glücklich machen«, wiederholte die alte Dame.

»Großer Gott, welch ödes Glück dann! Gewohnheit ist das Glück der Dienstboten, nicht das der Herrschaft, hast du immer weise gesagt, Großmutter. Und jetzt gibst du deine Weisheit auf, nur um mich zu trösten! Neulich sagtest du noch, daß das Liebesglück ein Zuviel im Blut haben müsse, einen Überschwang. Dieses Zuviel wird unter diesen gelben Menschen nie mehr zu mir zurückkommen.«

Die beiden Frauen umarmten sich leidvoll und saßen miteinander auf dem Rand des Kabinenbettes in dem kleinen, weißlackierten Raum, und saßen eine Stunde still, ohne sich zu rühren, und waren beide weit fort aus dem Schiff. Beide gingen durch die Straßen von Europa, beide verstummt vor Sehnsucht nach der Heimat und beide von neuem aufschluchzend, als sie sich ansahen und sich vom Schiff weitergeschleppt fühlten. Sie wunderten sich im Stillen, daß das im Wasserdruck knisternde Schiff vom Heimweh zweier Menschen nicht zum Sinken gebracht würde.

Die Nacht kam, und Ilse blieb in der Kabine ihrer Großmutter und ließ sich durch die alte Dame bei Okuro entschuldigen.

Was dann in dieser Nacht geschah, weiß kaum ein einziger, der sich im Schiff befand, mit Genauigkeit zu erzählen.

Die alte Dame fühlte sich plötzlich durch einen Stoß mitten im Schlaf aus dem Bett geschleudert. Sie schrie nach Ilse. Alle Leute im Schiff schienen mit ihr zu schreien. Alle Lampen waren erloschen. Das Schiff schien mitten im Meer still zu liegen. Statt der taktmäßig arbeitenden Maschinenschraube herrschte Todesstille. Und als die alte Dame sich von einem Koffer aufrichtete, auf den sie gefallen war, faßten sie zwei Männerhände, zogen sie wie eine Maschine durch die Dunkelheit, wo kniehohes Wasser ihr entgegenschoß, schäumendes und gurgelndes Wasser, schreiendes und sich windendes Wasser, das mit Menschenleibern angefüllt zu sein schien.

Statt der Schiffstreppen fühlte sie Menschenkörper unter ihren nackten Füßen. Die Männerhände und das sich türmende Wasser hoben sie wie mit Hebeln über tausend Hindernisse, bis sie auf ein Schiffsdeck hinfiel, auf einen andern Dampfer, der wie ein dunkler Berg in der mondhellen Nacht neben dem taumelnden und untergehenden Schiffsdeck stand, von dem sie kam. Sie erkannte jetzt Okuros Gesicht im Getümmel der sich Rettenden, Okuro, der ihre Hände hielt und sie fortschleifte und sie auf den roten Teppich eines erleuchteten Schiffssaales niederlegte. Dann schrien beide zugleich: »Ilse!«, und Okuro verschwand.

Die alte Dame sah sich unter halbbekleideten Frauen und Männern, die wie in einem Tollhaus weinten, lachten, gleich Menschen, die zu Hunden und Affen geworden wären, sich stießen, übereinander sprangen, in dem Schiffssaal unter die langen Speisetische krochen, sich hinter Stühle verbarrikadierten, sich die Augen zuhielten, fortgesetzt »Hilfe!« riefen, obwohl sie gerettet waren und fortgesetzt die Namen von Angehörigen schrien, trotzdem sie diese gerettet im Arm hielten.

»Ilse, Ilse!« rief die alte Dame immer wieder, als könnte sie mit dem gerufenen Namen einen Menschen erschaffen.

Das vom Meerwasser durchtränkte Nachtkleid hing ihr wie eine schleppende schwere Haut um den zitternden Körper. Aber sie rutschte noch mit den letzten Kräften von den Knäueln der Menschen fort, die mit den Armen um sich schlugen, fort von diesen Skelett-Menschen, welchen die Sekunden des Todesschreckens den jungen Leib in den Leib von Greisen verwandelt hatten.
Ein paar wahnsinnig gewordene Männer wurden neben ihr von Matrosen gefesselt. Ein paar andere strengten sich an, einen der Glühlichtkronleuchter von der Decke zu reißen, und zerschlugen mit den Fäusten die gläsernen Birnen und schrien: »Wir wollen kein Licht! Wir wollen nichts sehen.«
Ein Mann biß sich in dem Arm einer Frau fest. Die Augen quollen ihm aus dem Kopf, und die Frau lachte und schrie: »Mein Lieber! Mein Lieber!« Das Blut rann ihr vom Arm auf die Diele, und die Augen quollen ihr vor Verzückung aus den Höhlen.
Die alte Dame kroch zu einer Kabinentür, die weit offen stand. Da sprang ein wahnsinnig gewordener Malaye mit zwei Messern in den Händen über sie weg, hinein in den Saal, stach nach den Weibern, die unter den Tischen schrien, stach nach den Männern, die unter dem Kronleuchter hingen, und kniete sich dann auf den Rücken des Mannes, der sich in den Arm der Frau hineingebissen hatte. Die Frau lachte noch verzückter als der wahnsinnige gelbe Malaye, der den weißen Rücken ihres Mannes mit den blutigen Messern bearbeitete.
Neue Matrosen stürzten herein und rissen die Leute auseinander. Und unter der Tür sah die alte gerettete Dame die Flügel einer riesigen silbernen Windmühle, es waren die elektrischen Scheinwerfer des Dampfers, die mit ihren steilen weißen Strahlen die Nachtluft zertrennten.
Am Schiffsgeländer neben ihr erkannte sie im weißblauen Licht des Scheinwerfers zwei Männer, wie aus Schnee geformt, die miteinander rangen. Die Dame schrie mit ihren letzten Kräften: »Okuro! Kutsuma! Ilse! Ilse!« Dann sah sie, wie der eine Mann den andern mit dem Kopf an das Messinggeländer schlug und dann den Nie-

dergeschlagenen zärtlich aufhob und auf den Ruf: »Ilse! Ilse!«, sich nach der alten Dame umsah, den Ohnmächtigen aus dem weißen Lichtschein forttrug, hin zu der alten Dame. Als der Schleppende und der Geschleppte im gelben Lichtschein des Schiffssaales erschienen, fielen beide Männer wie tot an der Türschwelle nieder. Es waren Okuro und Kutsuma.

»Ilse«, keuchte die alte Frau noch einmal und fiel neben den beiden Japanern ohnmächtig hin. –

Die Geretteten hörten am nächsten Tag, daß im Mondnebel ein Zusammenstoß zwischen ihnen und dem Schiff, auf welchem sie sich jetzt befanden, stattgefunden und ihren Dampfer zum Sinken gebracht hatte. Unter den Ertrunkenen, die ringsum aus der glatten See gefischt wurden, wurde auch Ilses Leiche an Bord gebracht. Kutsuma aber hielt Okuro in der Kabine zurück und belog ihn und sagte, Ilse wäre mit ihrer Großmutter gerettet. Denn er fürchtete, daß sein Freund sich nochmals ins Wasser stürzen würde, wie er es beim Untergang des Schiffes versucht hatte, als er Ilse nicht fand.

Aber Okuro war bei der Lüge seines Freundes ungläubig, schüttelte den Kopf und sagte:

»Ich weiß, daß Ilse ertrunken ist. Ihre Seele war für mich schon nach Europa zurückgekehrt, und sie war für mich schon tot, ehe das Schiffsunglück eintrat. Ilse lebt nicht mehr, sonst würde sie vor mir stehen. Sonst wäre sie in der letzten Nacht in meiner Kabine geblieben. Ilse kehrt nicht wieder.«

Nach den wahnwitzigen Kämpfen und Aufregungen der Unglücksnacht blieb Okuro von nun an bis zur Landung in Japan teilnahmslos. Er betrachtete nur stundenlang seine Hände, welche Ilse immer geliebt hatte. – Er, die weißhaarige Großmutter und sein Freund Kutsuma saßen wie Wandbilder schweigend nebeneinander auf den Deckstühlen des nach Japan wandernden Schiffes, und Ilses Name wurde nicht mehr ausgesprochen.

Aber Kutsuma war immer bereit aufzuspringen, um die alte Dame und Okuro vom Schiffsgeländer zurückzuhalten, denn das Wasser unten schien magnetische Kraft zu haben für alle Schiffbrüchigen, welche Angehörige in der Unglücksnacht verloren hatten. Einige sprangen auf der Fahrt plötzlich ins Wasser, Männer, welche ihre Kinder suchten, Frauen, die zu ihren Männern wollten.

Dann erschienen eines Morgens die stillen, zwerghaften Inseln Japans im Frühnebel, die Silhouetten der vielfach gekrümmten uralten Bäume, die zierlichen Hügel mit den winzigen Terrassen winziger Reisfelder.

Die beiden Japaner erwachten aus der Totenstille, und nur die weißhaarige Dame blieb stumm, und ihre Augen sagten müde: Seit Ilse tot ist, ist die Erde für mich ein Sargdeckel geworden. Ich möchte mich auch in den Sarg legen.

Als die Schiffsbrücke in Nagasaki herabgelassen wurde und unten Motorboote voll von Angehörigen der japanischen Reisenden beim Schiff anlegten, sahen die Leute, welche Okuro und seine junge Frau erwarteten, zu ihrem Erstaunen den berühmten Schauspieler die Schiffstreppe herabsteigen, mit seinem Arm eine alte, weißhaarige Dame stützend.

»Ist Okuro deswegen nach Deutschland gereist, um sich eine alte Dame, die weiß ist wie der Abendschnee am Hirayama, zur Frau zu holen?« fragten sich seine Freunde verwundert. Aber niemand lachte. –

Unter Okuros Freunden war ein japanischer Schriftsteller, welcher den Eindruck nicht vergessen konnte, welchen die weiße, alte deutsche Dame auf ihn gemacht hatte, die als vermeintliche Frau des Okuro am Arm des jungen Japaners ans japanische Land gestiegen war. Dieser Schriftsteller schrieb ein Drama; und nachdem Monate vergangen waren und die alte Großmutter von deutschen Freunden nach Europa zurückgebracht worden war, las er sein Drama Kutsuma und Okuro vor.

Kutsuma, welcher in Japan Frauenrollen spielte, war sehr begeistert von der Rolle der Ilse, und Okuro sollte die Rolle der weißhaarigen Großmutter spielen. Der Schriftsteller hatte das Stück den ›Abendschnee auf dem Hirayama‹ genannt.

Der Abend der Vorstellung kam, und Okuro trug eine Perücke aus weißer Seidenwatte. Nie hatten die Zuschauer eines japanischen Theaters ein lebhafteres und atemloseres Spiel gesehen. Nur einige murmelten und wunderten sich, daß der junge Ehemann das Drama spielen wollte, das sich erst vor Monaten ereignet hatte. Und viele nannten ihn herzlos und gefühllos, weil er den Tod seiner jungen Frau nicht ernster nahm als ein Drama.
Der letzte Akt kam und die Szene, wo die gerettete Großmutter aus der Kabinentür kriecht und während des Schiffsunglücks nach Ilse schreit. Sie tastet sich vorwärts. Aber statt dessen richtet sich der die Großmutter spielende Okuro auf und springt an die Theaterrampe vor, streckt die Arme ins Publikum, und statt in Wehklagen über die Ertrunkene auszubrechen, ruft er:
»Seht mich aus dem Schrecken neugeboren und weise und kühl geworden, wie der Abendschnee am Hirayama! Klatscht in die Hände, klatscht Beifall dem Größten, dem Gott des Unglücks, der die Herzen erlöst, der männlicher ist als das Glück, der einen Willen hat, wenn das Glück keinen mehr hat. Gedankenvoller, als der Schnee am Hirayama über dem Biwasee im Abend scheint, ist der Blick des Unglücks, wenn er sich auf uns richtet, feierlicher und gigantischer ist die Weisheit des Unglücks und ragt über alles Wissen. Ich beweine sie, die Ertrunkene, nicht, und ihr sollt auch mich nicht beweinen, der ich die Gunst des größten Gottes genoß, die Gunst des Unglücks, das heiliger ist als der Augenblick des Glücks.«
»Klatscht Beifall!« rief Okuro noch einmal; und dann kam Kutsuma, der, als Ilse verkleidet, jetzt ertrunken sein sollte und nicht mehr zu erscheinen hatte, und fing den wahnsinnig gewordenen Freund in seinen Armen auf.
Die Zuschauer sahen noch, wie Kutsuma dem Okuro die weiße Perücke vom Kopf riß, um ihm Luft zu machen und sein Gehirn zu kühlen. Da – mit einem einzigen Ausruf des Schreckens erhob sich das ganze Theaterpublikum; denn Okuros Haar war unter dem Spiel vor Schmerz so weiß geworden wie die Watte der weißen Perücke. Einer im Theater wies es dem andern und wurde ehrfürchtig vor

der Seele des Liebenden, die hier größer als die Kunst des Schauspielers gespielt hatte.

Alle im Theater weinten; und keiner, der je zum Biwasee kommt und den Abendschnee am Hirayama bewundert, vergißt der Geschichte des Liebenden zu gedenken, den das Unglück weiß wie Schnee machte.

Nachwort
Die acht Erscheinungen von Omi

Es mag vielleicht verwundern, dass Max Dauthendeys Japanbuch, ein Werk von hohem literarischen Rang, erst fast 100 Jahre nach seiner Veröffentlichung in Deutschland [1911] ins Japanische übertragen wurde, um endlich auch auf dem heimischen Büchermarkt zu erscheinen. Eine einleuchtende Erklärung hierfür hat uns der Schriftsteller und Übersetzer von »Die acht Gesichter …«, Professor Ben Takahashi, selbst geliefert. In einem in Otsu herausgegeben Journal – DAS LAND AM SEE UND SEINE KULTUR– (Frühlingsausgabe, Nr. 111) berichtet er seinen Landsleuten über das selbst für Sprachgebildete schwierige Vorhaben:

Als mich vor zwei Jahren mein alter Freund Buntaro Kawase fragte: »Wollen wir nicht zusammen den Roman dieses deutschen Schriftstellers übersetzen, der die acht Landschaften am Biwasee zum Inhalt hat?«, habe ich zuerst einmal gestutzt. Zwar wusste ich, dass diese Landschaften verschiedentlich gemalt worden waren, aber dass es auch einen Roman darüber gab, war mir neu. Und den hatte darüber hinaus noch dazu ein Deutscher geschrieben?

Der Verfasser heißt Max Dauthendey [1867–1918]. Mein Interesse war geweckt und wir machten uns daran, »Die acht Gesichter am Biwasee« unter dem neuen Titel »Die acht Erscheinungen von Omi« in Gemeinschaftsarbeit zu übersetzen. Allerdings sind gemeinschaftliche Übersetzungen eine wirklich harte Arbeit. Da Herr Kawase in Yokohama, ich aber in Otsu wohne, war die Abstimmung keine einfache Sache. Um die Übersetzung für ein Wort abstimmen zu können, musste ein Telefonat nach dem anderen geführt, ein Fax nach dem anderen gesendet werden und die Korrespondenz zur Abstimmung der Wörter schien kein Ende nehmen zu wollen. Es kam vor, dass wir vier Monate brauchten, bis wir uns auf die Übersetzung eines Wortes einigen konnten.

Auch die ausdrucksstarken Wendungen Dauthendeys waren eine

große Herausforderung. Weil er ein Dichter mit umfassend symbolhafter Darstellung ist, kommen beinahe auf jeder Seite außergewöhnliche Redewendungen und Stilfiguren vor. Wie überträgt man diese ins Japanische und erhält dabei den Rhythmus der Sätze? Wie geht man mit dem häufig auftretenden Wort »Liebe« um? Da der Roman in der Zeit vor der Meiji-Ära spielt, sollten die auftretenden Personen keinesfalls direkte Ausdrücke wie »Ich liebe dich!« verwenden. Wie sollten wir also die Ausdrücke der Personen ins Japanische übersetzen? Das hat uns mehr als einmal ins Grübeln gebracht.

Die Welt der Gefühle: Auf den Wellen des Erotizismus

»Die acht Erscheinungen von Omi« ist zwar ein Roman, der sich mit dem Thema der Liebe zwischen Mann und Frau in Japan beschäftigt, es ist aber kein Liebesroman im eigentlichen Sinn. Dauthendey, für den die Liebe das höchste Ideal war, platziert die Liebe der Japaner vor die landschaftliche Schönheit der berühmten acht Landschaften am Biwasee und mit seinen acht Erzählungen malt er eine Welt, in der die Menschen von erotizistischen Gefühlen getragen werden. Die Konstruktion des Romans ist tatsächlich unkonventionell und die Erzählungen nehmen teilweise höchst unerwartete, beinahe absurde Wendungen.
Vielleicht ist folgende Formulierung ein wenig zu trivial, aber um Ihnen eine Idee des Werkes zu geben, möchte ich Dauthendeys Buch mit folgendem Rezept vergleichen: Man nehme ein wenig Shusei Ueda und Kyoka Izumi, vermische diese, füge westliche Zutaten hinzu und herauskommt ein Gericht, das auf japanischer Grundlage einen westlichen Geschmack aufweist. Im Rahmen meiner Übersetzung habe ich dieses seltsame Gericht wieder ein wenig mehr japanisiert – sozusagen zarten Thunfisch hinzugefügt.
Rückhaltlose Liebe, die zugleich von den Liebenden große Opfer fordert. Wie entwickelt sich wohl eine solch widersprüchliche Liebe zwischen Japanerinnen und Japanern?

Selbst ein Liebesuchender, hat Dauthendey sich dieses Thema als Untersuchungsobjekt gewählt und als Szenario für seine Erzählungen die acht Landschaften des Biwasees ausgesucht. Dauthendey kam im Frühjahr 1906 nach Japan und besuchte innerhalb von nur vier Wochen Städte und Sehenswürdigkeiten in beinahe jedem Teil Japans, aber die Besonderheiten der Seenlandschaft des Biwasees schienen ihm wohl die passende Bühne für die Wechselspiele absoluter Leidenschaft und Hingabe. Als Leser gewinnt man zwangsläufig diesen Eindruck.

Ein einzigartiger Kosmopolit

Dauthendey bezieht sich in seinem Werk auch auf Samurai und japanische Bräuche. Ein Samurai führt ein Leben in Verehrung, von Stolz und Einsamkeit, scheut im Namen der Ehre auch den Tod nicht und stützt sich auf eine Vorstellung eines Lebens in Überwindung von Zeit und Raum. Diese Seite der japanischen Kultur übte eine große Anziehungskraft auf Max Dauthendey aus.

Des weiteren war er von einer Sehnsucht nach einem Leben in Einheit mit der Natur, einem Leben wie die Japaner in jener Zeit es lebten, erfüllt. Die Japaner lebten in Häusern aus Holz, Lehm und Papier. Wenn sie die papiernen Türen, die Shoji, öffnen, wird die jahreszeitliche Landschaft mit in das Zimmer integriert. Sie stellen jahreszeitliche Blumen in den Alkoven [tokoma] jedes traditionellen Zimmers. Sie kleiden sich in mit Baum-, Blumen- und Insektenmustern verzierten Kimonos. Und in den ungeschmückten Zimmern arbeiten sie fleißig wie die Bienen. Dauthendey preist die Japaner als ein besonderes, nach der Harmonie mit der Natur strebendes Volk, wie es im Westen nicht vorkommt.

Dass Dauthendey die japanische Kultur so beschreibt, ist ein wenig überraschend. Zwar gibt es in der zweiten Hälfte des 19. Jahrhunderts in Europa eine Kunstrichtung, die sich an Japan orientiert und Japonismus nennt, aber Dauthendey besucht Japan in der Zeit unmittelbar nach dem russisch-japanischen Krieg. Die europäische Presse war voll von Berichten über die »Gelbe Gefahr«, von der die weiße Rasse, würde man die Asiaten gewähren lassen, an den Rand gedrängt werden würde und es herrschte weitläufig die Meinung, man müsse irgendetwas unternehmen. Japan wurde von Russland, Frankreich und Deutschland unter Druck gesetzt, die im japanisch-chinesischen Krieg annektierte Liaodong-Halbinsel zurückzugeben. Zehn Jahre später besiegte Japan die Weltmacht Russland und bestärkte die Welt in ihrer Sichtweise einer Gelben Gefahr, was die Gegenströmungen zu Japan verstärkte. Genau zu dieser Zeit kam Max Dauthendey nach Japan, aber er behielt den Unkenrufen einer Gelben Gefahr zum Trotz einen klaren Blick. So schrieb er in einem Brief an seine Frau: ‚Mit offenherzigen fremden Kulturen in Kontakt zu treten, von unserer Denkweise abweichende Wertvorstellungen kennen und verstehen zu lernen, ist wohl die höchste der menschlichen Künste. Hier in ferner Erde als Fremder unter Fremden lerne ich dies gründlich zu verstehen.' Dauthendey betrachtete, frei von Vorurteilen und unbeeinflusst von Modererscheinungen, die friedliche Koexistenz der verschiedenen Kulturen in der Welt als Idealzustand. Er war ein unvergleichlicher Kosmopolit.

Nachhaltige internationale Begegnungen

Dass diese »Acht Erscheinungen von Omi« der Anlass für die Städtepartnerschaft zwischen Otsu und der Stadt Würzburg als Heimat des Dichters bot, wissen nur sehr wenige Japaner. Eine japanische Ausgabe dieses Werkes war nämlich noch nicht herausgegeben worden. Aber da dieses Werk in Deutschland nach wie vor im Buchladen zu finden ist, ist diese Tatsache den Bürgern Würzburgs wohl bekannt. Inzwischen finden seit mehr als einem Vierteljahrhundert die partnerschaftlichen Austauschaktivitäten statt, aber bisher wurde von japanischer Seite versäumt, die Partnerschaft auf diese Weise weiter abzurunden. Auch das wollte ich mit dieser Übersetzung nachholen.

Es gibt viele Beispiele, wo Städtepartnerschaften aufgrund von geographischen Ähnlichkeiten oder handelswirtschaftlichen Gründen geschlossen wurden, aber ich habe bisher nie von einer Verbindung zwischen einer westlichen Stadt und einer (fern)östlichen Stadt gehört, die aufgrund eines literarischen Werkes geschlossen worden wäre. Auf eine solch ungewöhnliche Freundschaft sollten die Bürger Otsus stolz sein und zugleich den Urheber des Werkes, Max Dauthendey, nicht in Vergessenheit geraten lassen. Wenn meine Übersetzung dazu ihren Beitrag leisten könnte, würde ich mich glücklich schätzen. Ich hoffe aufrichtig, der Austausch zwischen Otsu und Würzburg möge sich als kultureller Pfeiler fest etablieren und in Zukunft eine treibende Kraft in den Beziehungen zwischen den beiden Städten sein.

Umschlagbild der japanischen Erstausgabe von
»Die acht Erscheinungen von Omi«. Erscheinungsjahr: 2004

*»Ich schaue die Blume an,
und die Blume schaut mich an«.*
[Daizohkutsu R., Ohtsu, Japan]

Ikebana [= lebendige Blumen] ist die klassische japanische Kunst des Blumensteckens. Deren Ziel ist es, Blumen, Zweige und Blätter zur vollen Schönheit zu erwecken. Gefäße aus gebranntem Ton ergänzen zumeist die Schönheit und Zerbrechlichkeit der Blumen.

Ein fertiges Ikebana strahlt Ruhe und Frieden aus. – Aus den Pflanzen entstehen vergängliche Skulpturen, welche die Stimmung einer Jahreszeit, den Charakter einer Landschaft aber auch die Gefühle des Gestalters anklingen lassen.

Ikebana lässt uns die Schönheit der Natur intensiver wahrnehmen und vermittelt uns inmitten unserer technisierten Welt Augenblicke der Eintracht und der Harmonie.

ERSTENS:
Die Segelboote von Yabase im Abend heimkehren sehen

... Eines Abends – die Sonne war gerade untergegangen, der See war hell, als wäre er aus Porzellan, weiß und glänzend, der Himmel war golden,
als hätte Hanake eine ihrer Truhen geöffnet,
die aus Goldlack waren,
und die Geheimfächer enthielten, –
trat Hanake auf den Landungssteg,
der vor ihrem Haus in den See reichte,
und den links und rechts hohes Schilf umwiegte.
In der Richtung nach Yabase erschienen drei Segelboote. Die drei Segel glitten wie senkrechte Papierwände über das abendglatte Wasser. ...
Hanake fühlte eine Bangigkeit, als kämen mit den drei Segeln drei weiße, unbeschriebene Blätter aus ihrem Schicksalsbuch geschwommen und plötzlich las sie, als eine Sekunde von Windstille die Segel schlaff werden ließ, ein japanisches Schriftzeichen, zufällig entstanden aus den Falten jeder Segelleinwand.

Das erste Boot sagte: »Ich grüße Dich.«
Das zweite Boot sagte: »Ich liebe Dich.«
Das dritte Boot sagte: »Ich töte Dich.«

Ich grüße Dich!

Ich liebe Dich!

Ich töte Dich!

Dann sank sie erstickt
auf die Diele am offenen Fenster hin. ...

ZWEITENS:
Den Nachtregen regnen hören in Karasaki

... Kiris Boot
schoss jetzt auf Karasaki zu.

Und ganz Karasaki
schien ihn zu erwarten.

Auf vielen Masten am Ufer
waren Laternen aufgezogen
und lange Ketten
von farbigen Papierlaternen
schillerten in der Luft
und glitzerten im Wasser. ...

Auf vielen Masten am Ufer
waren Laternen aufgezogen ...

DRITTENS:
Die Abendglocke vom Mijderatempel hören

… So ein Baum, der nie von der Stelle rückt
und dessen Umgebung gleichfalls nie fortreist
und der nur die Bewegungen
der Jahreszeiten kennt,
hat ein vorzügliches Gedächtnis.

Dieses drückt sich aber nicht darin aus, dass sich sein Mark Gedanken macht über das, was gewesen ist oder was kommen wird, sondern das Gedächtnis eines Baumes liegt immer offen an seiner Außenseite.
Die Furchen und Rinden haben sich jeden Tag mit Linien, Eingrabungen, Knorpeln, Schürfungen die kleinsten Erlebnisse wie mit einer stenographischen Schrift in Zeichenschrift notiert.

Wie der Baum sich dehnte,
wenn ihm in der Welt wohl war,
und sich verborkte und sich verpanzerte,
wenn ihn die Welt bedrohte,
vergrübelte sich seine Rinde
und faltete sich zu einer Zeichenschrift …

... das Gedächtnis eines Baumes
liegt immer offen an seiner Außenseite.

VIERTENS:
Sonniger Himmel und Brise von Amazu

... Da verwandelte sich
vor den Augen der Kinder
der See in jene unwirkliche Wiesen,
wie sie sonst auf Bildern glatt gemalt
und grünspanfarbig zu sehen sind.

Kirschbäume stiegen auf,
als käme der rosigste Frühling
noch einmal in den Hochsommer herein,
und kleine Mädchen
in taubenblauen Gewändern
klatschten rhythmisch in die Hände
und verwandelten
die dunklen Silhouetten
der Kirschbaumstämme.

Bald gaben sie sich die Hände,
bald breiteten sie die Arme.

Einige knieten,
andere glitten im Kreis
um die Knieenden. ...

... und kleine Mädchen in taubenblauen
Gewändern klatschten rhythmisch in die Hände

FÜNFTENS:
Der Wildgänse Flug in Katata nachschauen.

... Ich liebe dich,
wenn ich dir nachsehe.
Aber du liebst mich nicht,
 weil du fortsiehst. ...

... Ich liebe nicht,
dass du dich
nach mir umwendest.
Ich wende mich auch
nicht nach dir um. ...

Ich liebe dich, wenn ich dir nachsehe. ...

... Eines Abends, als der Mond aufging
und der Altan des Töpfers zwischen dem Mondschein
und dem roten Schein,
der aus dem Ofen fiel, zweifarbig beleuchtet,
rot und blau wurde und »Graswürzelein« mondblau und feuerrot,
zweifarbig beschienen, vor dem Ofen im Hof bei dem Altan saß,
seufzte der Maler ...
Plötzlich bückte sich der Maler und hob eine unscheinbare Seemuschel auf, die blau irisierend und rot irisierend mit weißer Innenschale und schwarzer Außenschale wie eine Blume hier zwischen den leeren Kieselsteinen am Strand leuchtete ...

»Wo habe ich nur diesen blau irisierenden Schein neben dem rot irisierenden Feuerschein hier in Katata schon einmal gesehen? Ich weiß gewiss, dass es in Katata war, wo ich diese beiden Farben unvergesslich nebeneinander sah.«...

»Du warst rot und blau beschienen«, sagte Oizo, »wie die Muschel hier, die mondblau und feuerrot in meiner Hand irisiert und leuchtet. Das ist das Bild, das ich hier malen will. Ich will dein Gesicht malen, blau vom Mond und rot vom Feuer beleuchtet.
Und darum bin ich nach Katata gekommen.«

»Du warst rot und blau beschienen«, sagte Oizo, »wie die Muschel hier, ...«

... Die weiße Geisterkette
beschrieb eine weiße Schleife am Himmel
und eine weiße Schleife
im Wasserspiegel
und verrauschte
wie ein musikalischer Windton
und hinterließ
Atemzüge von Befremdung,
von Sehnsucht,
als wäre die Luft
mit unerfüllten Wünschen
noch lange
nach dem Vorbeizug
der Wildgänse
von Katata
angefüllt. ...

… Die weiße Geisterkette beschrieb eine weiße Schleife
am Himmel und eine weiße Schleife
im Wasserspiegel …

SECHSTENS:
Von Ishiyama den Herbstmond aufgehen sehen

Unter den zehn Teehausmädchen
im Teehaus von Ishiyama
war ›Hasenauge‹
eines der unscheinbarsten.

Sie war nicht feurig,
sie tanzte auch nicht sehr lebendig,
sie schminkte sich unordentlich
und trug die vier Schleppen
ihrer vier Seidenkleider
nicht in der richtigen Abstufung
übereinander.

Aber sie konnte Geschichten erzählen,
kleine, winzige Geschichten,
die nur fünf Minuten dauerten,
aber fünf Tage zum Nachdenken gaben.

Deshalb war sie
in aller Unscheinbarkeit
eine Kostbarkeit
für das Teehaus in Ishiyama ...

Deshalb war sie in aller
Unscheinbarkeit eine Kostbarkeit
für das Teehaus in Ishiyama.

SIEBTENS:
Das Abendrot zu Seta

... »So schön wie heute
sah ich das Abendrot noch nie«,
sagte die Blinde
und lehnte den Kopf
auf das Altangeländer,
von dem der kalte Schnee abbröckelte.

Ihre kleine Teetasse klirrte.
Sie setzte sie mit
zitternden Fingern auf den Boden.
Sie fächelte sich noch mit dem Fächer,
indes ihr Gesicht
die Helle des Schnees annahm.

Dann starb sie lächelnd ...

»So schön wie heute
sah ich das Abendrot noch nie«,
sagte die Blinde …

ACHTENS:
Den Abendschnee am Hirayama sehen

... Das Kostbare an der Liebe ist,
dass sie ein ewiges Abenteuer bleibt
und dass weder
die Sicherheit
der madonnenhaften Unterordnung
einer asiatischen Frau,
noch die olympische Selbstherrlichkeit
einer europäischen Liebe
in ein System bringen kann.

Die Liebe wird immer
etwas verschwenderisch sein,
immer ein Zuviel in das Blut
der Menschen bringen, das Zuviel,
das die Endlichkeit des seligen Augenblickes
in eine Unendlichkeit
des Genusses
verwandeln kann. ...

Die Liebe wird immer
etwas verschwenderisch sein, ...

»... Wenn die Erde hier auch fremder ist,
als ein fremder Planet,
wir stehen doch mit den Füßen auf derselben
Erde und wir werden auch
mit der gelben Rasse gut Freund werden.«

»Ich nicht«, sagte Ilse.
»Sieh mein rotes Haar an,
sieh meine weiße Haut an.

Ich habe nicht daran gedacht,
dass ich unter eine ganze Welt
von gelben Menschen komme.

Okura war mir lieber,
als er, allein,
eine Kuriosität in Europa war.
Aber jetzt
ging er heute vor mir unter
in der Flut der gelben Gesichter,
als wäre er
im Chinesischen Meer ertrunken. ...«

»Ich habe nicht daran gedacht,
dass ich unter eine ganze Welt
von gelben Menschen komme.«